La Restinga

Charlotte Dubreuil

La Restinga

ROMAN

LE GRAND LIVRE DU MOIS

670

© Éditions Albin Michel S.A., 2000
22, rue Huyghens, 75014 Paris

ISBN : 2-7028-4066-3

*A ceux
que j'aimerai toujours où qu'ils soient.*

1

El Hierro.
« *Isla de El Hierro, Archipiélago Canario. Océano atlántico.* »

Sur les trois cartes postales, tu parais gaie, fleurie, ensoleillée, l'île. Le nez collé contre mon hublot glacé, strié de larmes de pluie, je t'ai vue, petit V noir flottant sur l'océan, rocher noyé par l'écume, morceau d'Archipiélago perdu, tu n'es pas accueillante.

Un vrai déluge et un seul essuie-glace qui fonctionne. Mon tailleur de coton blanc sale et trempé me colle au corps. Star de polar, j'ai froid. Le 4X4 s'accroche. Tous les deux virages en épingle à cheveux, apparaît au pied de la falaise, entre les vagues et la lave, l'aéroport de El Hierro. La piste luisante, le petit bâtiment et l'unique avion blanc zébré de rouge émergent des nuées laiteuses.

Si les nuages, ici, montent de la mer, le sommet risque d'être clair !

Valverde. On doit prononcer Val-ver-dé. A l'entrée de la ville, un âne pelé broute dans un fossé. C'est bon signe, un âne, cela porte bonheur.

Prise entre les murs des maisons, brusquement, la route se rétrécit. Pas de trottoirs. Les fenêtres et les vitrines si proches m'offrent des débuts de rencontres. Une dame sort d'une épicerie et, très vite, traverse sous la pluie. Une mercerie, un pressing, une agence de voyages, une banque. Un long tournant. La place, un café, puis un autre et, juste en contrebas, géante, blanche et rose, l'église. Je voudrais m'arrêter. J'ai faim.

Des touristes allemands, protégeant leurs bermudas et leurs robes à fleurs sous des K-Way, courent vers le plus alléchant des deux cafés. Un car occupe presque entièrement le minuscule parking. Raciste, je continue mon chemin : je déjeunerai plus loin.

Quelques maisons, un garage puis un stade, et la ville finit là. Ni faubourg, ni banlieue, seulement quelques chèvres. Un chemin boueux mène à un grand champ entouré de hauts murs blancs. Le cimetière surplombe la mer. Mais je garde les cimetières pour plus tard.

La Restinga

Suis-je à la recherche d'un mort ?

Virages sur cinq kilomètres. La voiture grimpe, grimpe, grimpe. L'essuie-glace s'affole. Le long des pentes, les arbres que l'air du large n'atteint plus se redressent. Des blocs de lave ont stoppé leur course contre des fleurs de toutes les couleurs. Le paysage s'adoucit.

Mille cinq cent un mètres, la route tourne à angle droit. J'arrête la voiture. Des vaches paissent dans l'herbe grasse des petits champs carrés dessinés par des murets de pierre. Je sors dans la tempête et j'avance jusqu'au bord du vide. Tout en bas, l'autre côté de l'île, et partout la mer.

« Quand viendras-tu à La Restinga ? »

Pourquoi as-tu envoyé cette première carte postale, papa ?

Je fais pipi sur un lit de pâquerettes mouillées et je claque des dents. Je te cueille une violette, maman. Avant de remonter en voiture, je me mets toute nue sous une douche de pluie. Si un fermier venait traire ses vaches, il pourrait me voir.

Sur une île des Canaries
Une dame faisait pipi
Un fermier qui passait la vit
Et tous les deux furent ravis.

Mon tailleur de vamp roulé en boule sur le siège arrière, je continue à grelotter dans mon unique pull-over. La voiture hoquette. L'essuie-glace repart.

Six mois… Cela fait six mois que j'imagine ce voyage. Juste après, ou juste avant ton enterrement, maman. Les trois cartes postales étaient rangées ensemble dans ton sac à main. J'aurais pu les trouver même si tu n'étais pas morte. Si tu m'avais demandé de te passer ton mouchoir ou ton porte-monnaie. C'est la preuve que tu ne les cachais pas, seulement tu n'en parlais pas. Toutes les trois venaient de El Hierro. Elles n'étaient pas datées. Seul le cachet de la poste m'a aidée à leur donner un ordre.

La première disait :

« Quand viendras-tu à La Restinga ? »

La deuxième disait :

« Je t'attends. »

La troisième disait :

« Je suis content de ton arrivée prochaine. Quand toute une vie est passée, une autre peut commencer. »

Toutes les trois étaient signées François.

Quarante, puis vingt, puis quinze kilomètres à l'heure, ma moyenne souffre, personne ne m'attend. Les pneus s'enfoncent dans un épais et long ruban de brouillard. Route de crête, si je te quitte, tu me perds. Virginia Laurens, trente-cinq ans, disparaît alors qu'elle s'apprêtait à écrire son cinquième roman. Mon éditeur s'en fout, mon amant s'en fout, et mon chat préfère habiter chez ma meilleure amie. J'aurais dû avoir un enfant et prendre une grosse assurance vie.

Tout à coup, protégé par les arbres centenaires d'une forêt profonde, le ruban blanc redevient asphalte. Le brouillard s'évapore et laisse des traînées pâles sous la voûte formée par les hautes branches. L'essuie-glace fatigué grince entre chaque goutte. Deux cent soixante-dix-huit kilomètres carrés, continent pour de rire, combien de paysages me réserves-tu ?

Si j'avais fait des provisions, je pourrais pique-niquer, assise sur des aiguilles de pin, et de la mousse gorgée d'eau. Hum... Des sandwichs de petits-beurre au beurre !

La route, sinueuse, s'étire entre des vignes vert tendre. Si personne ne m'attend, moi je sais où je vais. El Pinar, Las Casas, Tabique... A l'aéroport, la femme qui m'a loué la voiture a souligné les noms sur le plan qu'elle m'a offert. Brune et potelée, cette petite dame délicieuse m'a donné envie de pleurer. Elle s'inquiétait pour moi. Son espagnol, son allemand parfait, son anglais presque parfait, ses bribes de scandinave, de portugais et de yiddish new-yorkais, lui étaient devenus inutiles. Comme si elle s'adressait à une sourde-muette, elle s'est mise à me parler avec les mains, mais j'ai bien senti qu'elle pensait que je n'y arriverais jamais. C'est vrai que si les sept mille trois cent quatre-vingt-dix-neuf autres habitants de l'île ne parlent pas un mot de français, je vais vivre un long silence.

Plus ça descend, plus le soleil est chaud, plus je transpire dans mon pull-over. Las Casas. Les chiens dorment sur le pas des portes. Les volets sont clos. Les cours et les jardins se cachent à l'arrière des maisons mais rien, rien n'indique qu'un jour, un commerçant a eu l'intention de s'installer dans ce paradis. J'ai soif et, à perte de vue, un désert noir sorti du ventre de la mer. Un désert de lave. Deux voitures à peine peuvent se croiser sur la route creusée entre les rochers, les blocs concassés et les éboulis.

« Quand viendras-tu à La Restinga ? » Maman, serais-tu venue ? Aurais-tu fait ce chemin qui te ramenait sur tes pas ? Aimais-tu encore mon père ? Quand toute une vie est passée…

2

La Restinga.

Un terrain vague au bout du champ de lave. La fin du voyage. Incroyable ! Six rues, six rues tracées au cordeau qui descendent en pente douce jusqu'au port. Six rues éventrées, bordées de maisons inachevées. Des bâtisses de parpaings sans toit plantées au centre de jardins de terre et de pierre.

Intimidée, je n'irai pas plus loin. Comme le fil du téléphone, lien fragile qui me suit depuis ce matin, je m'arrête au pied du dernier poteau de bois. Une petite fille, accompagnée d'un chien jaune, avance doucement entre des tas de gravats.

Suis-je venue à la rencontre d'une petite fille ?

Je descends de la voiture. La fillette s'immobilise. Le chien jaune vient jusqu'à moi et lève la patte sur ma roue droite. C'est bon signe.

– *Buenos dias.*

De grosses roses jaunes se fondent dans les taches d'humidité du papier peint. Tout est jaune dans cette chambre, la carpette, les doubles rideaux, la chaise, la table, l'armoire à glace et l'ampoule qui pend à la tête du lit. J'ai certainement mal choisi. Il n'y a que deux hôtels à La Restinga. L'autre donne au-dessus du port. Il a des volets bleus et peut-être une terrasse, mais je n'ai pas trouvé le sentier qui monte jusqu'à lui. Des petits vieux, assis au soleil, s'étaient arrêtés de parler pour m'observer. Mes deux sacs pesaient trop lourd et le chien jaune qui m'avait suivie commençait à me renifler les jambes. Je me suis engouffrée dans le « café-restaurant-hôtel-moderne » de la rue principale. La salle de bains et les W-C sont au fond du couloir. L'eau qui s'écoule de la douche est jaune.

Assise, seule, dans un coin sombre de l'immense restaurant, j'ai mangé un potage de poulet aux vermicelles, des calamars au curry et une crème caramel tremblotante. La nappe était jaune et un grand cafard roux courait sur le mur en carrelage marron clair. De l'autre côté de la pièce, debout devant le bar, des hommes buvaient de la bière en mangeant des morceaux d'omelette. Ils parlaient fort pour couvrir le bruit que faisait la télévision. Parmi eux, il y avait un homme plus grand avec des cheveux très noirs et bouclés. Lui ne parlait pas. Il me regardait et je lui rendais son regard.

16

Le sperme coule lentement le long de ma cuisse.
Tout s'est passé si vite. Je me suis levée de table et j'ai
traversé la salle du restaurant. Je crois que je savais
que l'homme me suivait, mais c'est seulement dans
le couloir, quand il a refermé la porte sur nous, et
que nous nous sommes retrouvés dans l'ombre, que
je l'ai accepté. Il a tendu la main vers mon visage.
J'aurais pu parler, crier, retourner dans le restaurant.
L'homme a posé sa main sur ma poitrine et je n'ai pas
bougé.

Il m'a appuyée doucement contre le mur. Il a relevé
ma jupe et, tout de suite, il était en moi. J'ai joui la
première. Un instant surpris, il s'est légèrement écarté
pour me regarder. Ses yeux sont vraiment très bleus. Il
a joui et il a étouffé son cri dans mes cheveux. Un peu
plus tard, il a dit une phrase en espagnol, peut-être
une excuse, mais il n'avait pas l'air d'être désolé. Il a eu
un léger sourire et un geste, comme pour expliquer
que, parfois, les choses sont ainsi.

J'ai fait glisser ma jupe jusqu'à mes genoux en
essayant de la défroisser. Je n'avais rien à dire. J'ai
refermé mon chemisier, et l'homme s'est éloigné.
Mes cuisses sont humides, et je voudrais me laver,
mais la salle de bains est au fond du couloir, et l'eau
qui s'écoule de la douche est jaune. Je vais dormir,
dormir toute habillée.

La patronne de l'hôtel m'a tendu mon passeport par-dessus la table du petit déjeuner. Cette femme ressemble à une flaque d'eau qui ne reflète presque plus rien. J'ai avalé trop vite une trop grosse bouchée de tartine. Je devais avoir l'air de manquer de quelque chose parce qu'en me montrant la cafetière et mon bol la femme a prononcé une longue phrase chantante. J'ai répondu : « Non, non... », en hochant la tête, et la femme est partie. Elle est revenue, apportant une autre cafetière pleine. Difficile de se comprendre. Nous nous sommes souri. J'ai ouvert mon passeport, j'ai montré mon nom à mon hôtesse et je le lui ai lu à haute voix, en articulant : « Vir-gi-nia Lau-rens ! » Puis, je me suis désignée du doigt. La femme a dit : « *Si, si...* », en hochant la tête. Et, se désignant à son tour, elle s'est nommée avec application. « Ma-ri-a Lo-pez ! » Nous avons ri toutes les deux.

Les petits vieux d'hier prennent le soleil. Je passe devant eux pour aller m'asseoir un peu plus loin, à la terrasse du bistrot du port. Tranquilles, ils continuent leur conversation. Touriste déjà connue, repérée et classée, je n'existe plus. C'est moi qui les observe.

Suis-je à la recherche d'un vieux monsieur ?

Le chien jaune, aussi, m'a reconnue. Il vient poser son museau froid sur ma main. Comment, moi, pourrais-je reconnaître celui pour qui j'ai entrepris ce voyage ? Impossible d'imaginer le visage, les mains, la démarche devenue hésitante de quelqu'un qui vous a quitté il y a très longtemps. Il faudrait commencer par renoncer au souvenir. Comment devient-on vieux ? La vie glisse si lentement. Je découvre mes rides, mes premiers cheveux blancs, les plis sur mon corps, mais je les refusais sur toi, maman. Ma peur était plus forte que ma tendresse. Ta fatigue, tes maladresses me rendaient folle.

Tu n'allais pas partir toi aussi, m'abandonner ? Quelques heures avant ta mort, j'ai voulu te faire avaler un peu de soupe, pour te donner des forces. Dans tes yeux infiniment tristes, il y avait comme une excuse. Me demandais-tu pardon pour tout le chagrin que tu allais me faire, ou me pardonnais-tu déjà mon égoïsme, mon incompréhension et ma brutalité ? Tu as bougé légèrement la main, peut-être pour dire : « Assez ! » Peut-être pour une dernière caresse. Après, nous ne nous sommes plus jamais parlé, ou plutôt, après tu ne m'as plus jamais répondu.

– *Buenos dias…*

Planté à mes côtés, le garçon de café est magnifique, un brin gitan, un brin torero, le teint mat, les yeux sombres, les reins cambrés dans son jeans tel un danseur de flamenco, c'est toute l'Espagne qui me salue. Hélas, je ne peux que répéter :

– *Buenos dias.*

Le garçon me sourit et se lance. Il est probable qu'il me demande ce que je désire boire, à moins qu'il ne m'entretienne de la douceur de l'air. Il peut aussi comparer mes yeux au bleu des cieux. Les hommes de ce pays me semblent entreprenants et, malgré son ton charmant, ce jeune homme est peut-être en train de me débiter d'incroyables insanités.

Impuissante, désemparée, je n'ai de réponse que celle que, depuis plus de vingt-quatre heures, j'ai faite à tous ceux qui m'ont abordée, hormis l'inconnu du couloir qui, lui, m'a laissée sans voix.

– *Mi no hablar español… Mi hablar* français.

– Française !!! J'en étais sûr ! Je l'ai pensé dès que je vous ai vue. Quand vous vous êtes assise, je me suis dit : « Ça c'est une Française ! » Je ne me trompe jamais. Il faut dire qu'ici, on a surtout des Allemands.

Enfin, je distingue le paysage. Une douce chaleur m'envahit. Ma gorge se serre un peu. Le nez me picote. J'ai un ami.

Les quelques bateaux restés au port se balancent entre le quai et la longue digue grise au bout de laquelle se dresse le phare. Un jeune couple, brûlé par le soleil, se baigne au bord de la minuscule plage de cendres. Des chats maigres partagent avec des mouettes les restes de la dernière pêche. Je viens de repérer le chemin qui mène à l'hôtel aux volets bleus. Il possède vraiment une terrasse. Un vent léger vient de la mer. Ma chance a tourné. Je donne un baiser au chien jaune.

Du juke-box, déferle un doux rock ibérique. J'entame ma douzième partie de flipper, et je gagne, certainement grâce aux deux grands verres de vin que je viens de déguster. « Le vin le plus alcoolisé du monde, sang des vignes qui poussent sur les pentes du volcan à l'abri des trous creusés dans la cendre. » Juan Carlos a prononcé cette phrase avec l'accent ensoleillé des vacances de mon enfance. Il est né à côté de Montpellier, ses parents étaient réfugiés politiques, et du fond de mon euphorie, j'ai failli crier : « ¡*Viva la Muerte !* »

La tête me tourne un peu, je devrais boire plus souvent à l'heure de la sieste.

Suis-je à la recherche d'une aventure ?

Cette île m'a-t-elle déjà ensorcelée ? Maman, qu'espérais-tu y retrouver ?

Comme un voyageur qui ose enfin poser ses bagages, je me suis laissé inviter à déjeuner par un jeune homme, simplement parce que j'avais faim, et qu'il m'a proposé des spaghettis aux clovisses. Les filets de pêcheurs, les énormes coquillages roses brillants et les carapaces poussiéreuses des tortues géantes qui décorent les murs en ciment du bistrot du port ne m'agressent pas. Et dans sa niche de bois, au-dessus du bar, la petite vierge de plâtre bleue me semble à sa place.

– Madame est servie.

Juan Carlos pose un plat fumant sur la table, dressée comme pour un jour de fête. Il me sourit et lève son verre. Je lève le mien, et je m'entends dire :

– *¡Viva la vida !*

Le chien jaune m'attend sur le trottoir. Je n'ai rien à lui donner. Demain, je commence une vraie vie, je lui achèterai à manger. Les rayons obliques du soleil éclairent encore les murs et l'eau, mais il ne chauffe déjà plus, et j'ai froid. La journée a passé si vite.

Les bateaux de pêche rentrent au port. L'un d'eux accoste juste à côté de moi. L'homme à la manœuvre lance un cordage vers une bite d'amarrage. Il est grand, vêtu d'un ciré sale et d'un bonnet de marin. Quand il saute sur le quai, je reconnais mon agresseur d'hier. Mon agresseur ? Il ne faut pas que j'exagère. Nos yeux se croisent. Nous n'échangeons aucun mot, aucun signe de reconnaissance. Nous savons, mais nous ne dirons rien. Dorénavant, pour moi, il sera l'homme aux yeux très bleus. Pour lui, ne suis-je qu'une fille de joie ?

L'hôtelière s'est inquiétée. Elle pensait que je rentrerais déjeuner. Enfin, c'est ce que moi je crois comprendre. Je me répands en excuses, puis, d'un seul trait, je la rassure.

– *Este tarde mi comere acqui...*

La douce flaque d'eau sourit. Je ne sais pas si elle se moque de moi ou si elle admire mon espagnol tout neuf.

En montant l'escalier, je me sens des ailes. Il a suffi que je quitte Paris pour que mes affaires reprennent. En moins de deux jours, un homme m'a fait l'amour, un autre la cuisine, deux femmes se sont fait du souci pour moi, et un chien jaune m'a pour ainsi dire adoptée.

Je me savonne doucement sous le filet d'eau froide qui s'écoule de la douche. Même le pommeau de plastique qui pend au bout du long tuyau de caoutchouc noir ne parvient pas à assombrir mon humeur.

Dans la salle du restaurant, je retrouve mon cafard. Fidèle, il court sur le carrelage du mur. Autour du bar, les habitués, bruyants, prennent l'apéritif. L'homme aux yeux très bleus est absent.

3

Face au port, aussi incongru qu'un grand bouquet de fleurs fraîches au milieu d'une décharge d'ordures, se dresse sur trois étages le premier immeuble pour touristes de La Restinga. Construit entre un terrain à bâtir et les murs gris de mon bistrot favori, tout en mosaïque bleu et blanc, ses baies vitrées dissimulées par les balustrades de verre fumé des balcons, ce petit joyau semble avoir été abandonné dès sa naissance. La vitre de la porte d'entrée n'a pas dû résister au premier courant d'air et quelques papiers gras en ont profité pour s'installer dans le hall.

Assise dans l'un des angles de l'immense pièce vide et blanche qui sent encore la peinture, je caresse du bout des doigts le parquet de bois blond de ma nouvelle maison. Unique locataire de l'immeuble le plus moderne de l'île, j'ai pu choisir sans aucune difficulté l'appartement le plus beau. Le troisième étage gauche. Du haut de mon balcon, j'ai vu le soleil disparaître derrière la digue, les bateaux rentrer au port, l'homme aux yeux très bleus accoster à la même place qu'hier, et le chien jaune rôder tristement sur le quai. J'espère que c'est moi que cet animal attend. J'espère surtout que, demain, il acceptera mon hospitalité parce que ici la nuit tombe d'un seul coup, et que, ce soir, je me sens bien seule.

Il va faire une belle journée. Dans l'air frais du petit matin, le 4X4 paraît avoir rajeuni de plusieurs milliers de kilomètres. Il y a moins de quatre jours qu'ensemble nous avons effectué notre première traversée. Aujourd'hui, nous entreprenons le voyage à l'envers, le désert de lave, les vignes, les villages, la forêt, le sommet. J'arrête la voiture à la même place que la première fois et je sors faire pipi dans la rosée. J'ai besoin de marquer mon territoire. Plus légère, j'affronte la descente. « A moi Val-Ver-dé ! » J'ai des envies de tout. Je me suis fait une longue liste. Je vais m'installer comme une jeune mariée.

La ville dort encore. Presque tous les rideaux de fer des magasins sont tirés et des écoliers impeccables dans leurs uniformes marchent en file indienne le long de la rue principale. Je me gare sur le minuscule parking vide et je traverse en direction du café pour touristes allemands. Je vais dévorer un copieux petit déjeuner.

A l'intérieur, un seul homme se tient debout devant le bar. Il trempe une tartine dans une grande tasse. A mon arrivée, il se retourne et, tout de suite, mon cœur bat trop fort. L'homme aux yeux très bleus oublie de porter sa tartine à sa bouche. Nous ne nous saluons pas. Je vais m'asseoir à une table et, quand le garçon vient prendre la commande, je demande un café.

J'ai tout acheté : pour la chambre, un matelas double, deux oreillers, des draps de coton blanc, une couette et deux lampes de chevet, pour la grande pièce, un bureau de bois, une chaise, plus deux chaises longues, une lampe d'architecte et un lampadaire doré. Pour la cuisine, un petit frigidaire, un réchaud à butane, une machine à café, des casseroles, de la vaisselle en Arcopal, un fer à repasser, et une ménagère du genre de celle que j'aurais pu gagner à la loterie d'une foire. Je me suis aussi fait des cadeaux, une radiocassette, un immense tableau représentant un voilier sur mer et ciel bleus, et des verres de cristal. Je serai livrée lundi. C'est ainsi que je me représentais la liberté quand j'avais quinze ans, parce que j'étais plutôt laide, que déjà je n'avais aucun idéal politique, que mes parents étaient séparés et que, malgré mon très jeune âge, je n'étais pas désespérée.

Rempli jusqu'au toit, le 4X4 m'attend à l'ombre d'un car à deux étages. Je glisse difficilement un balai et un splendide plumeau entre les cartons de droguerie et d'épicerie. Il fait chaud. J'ai faim, mais les touristes ont déjà envahi la ville. Raciste, décidément, je rentre à la maison. La prochaine fois, je visiterai l'église et le cimetière.

Les cartons, le balai et le plumeau trônent au milieu du living. L'appartement semble déjà plus habité. Epuisée, je trempe dans l'eau fraîche et claire de ma baignoire. On se réhabitue vite au luxe. Hélas, j'ai oublié d'acheter des serviettes-éponges. Je m'essuie avec mon T-shirt, je le renfile mouillé et je frissonne. Le soleil s'est couché. Je bois une bière tiède sur mon balcon. « A la nôtre ! La Restinga ! Nous finirons bien par faire connaissance toutes les deux. » Les bateaux sont rentrés et le chien a disparu. Ce soir, je regagne encore ma chambre jaune, mais demain, je sors ! J'irai déjeuner à la terrasse de l'hôtel aux volets bleus.

Week-end. J'entrouvre un œil. Le soleil est déjà là. Il est dix heures. C'est ma première grasse matinée dans ce pays, je me sens légèrement coupable et c'est très agréable, cela me donne l'impression d'avoir des comptes à rendre à quelqu'un. Je referme l'œil, je bâille, et me roule dans ma propre chaleur. Les ressorts du sommier défoncé grincent. Je glisse dans un demi-sommeil, celui des rêves à fleur de peau qui peuvent vous accompagner bien après le réveil. Je suis bien.

Brusquement, je sursaute et me redresse. Les deux yeux cette fois grands ouverts, je redécouvre mon univers jaune. Une pensée insidieuse vient de me traverser de part en part : « A qui pourrais-je rendre des comptes ? » Ma situation de famille est sans équivoque. Célibataire, orpheline, abandonnée, sans enfants. Je me dégoûte. La journée commence plutôt hard. Si j'étais dans un palace six étoiles, je commanderais immédiatement un double vieux whisky pour mon petit déjeuner. J'y gagnerais au moins l'estime du personnel. Mais si je fais un coup pareil à ma Maria Lopez, ma douce flaque d'eau, je vais perdre sa considération et, ce qui serait pire, sa tendresse. Je me lève.

4

Des taches de rousseur démesurément agrandies s'étirent et se rejoignent sur la peau blanche de longues mains d'homme, comme le tracé des continents sur les cartes du monde. A intervalles réguliers, les doigts fins et secs tournent les pages d'un livre. Je voudrais être le livre. Je voudrais que ces mains me touchent et me caressent, glissent sur ma peau, effleurent mes seins, mes reins. L'envie et le besoin montent si fort en moi que j'étouffe un gémissement dans la cendre humide de la plage. Le soleil me brûle le dos. Stoïque, je ne bouge pas plus qu'un caméléon surpris. Planquée derrière mes lunettes noires, j'épie. L'homme lit. Elégant, vêtu d'un blazer bleu marine, d'un pantalon de lin blanc et d'un chapeau de paille souple, il n'a pas remarqué ma présence et lorsqu'il relève la tête c'est pour laisser courir son regard sur les vagues argentées jusqu'à un petit voilier autour duquel deux adolescents jouent et nagent en riant.

La terrasse de l'hôtel aux volets bleus est toute petite, quatre tables et quelques chaises longues, mais quelle vue ! Sur la droite, La Restinga, ses maisons comme rescapées d'un bombardement au milieu d'un terrain vague et, un peu plus haut, la route qui s'arrête au panneau indicateur puis retourne sur ses pas en zigzaguant à travers le champ de lave. En contrebas, le port, ses bateaux de pêche amarrés au quai désert qui dansent mollement pour fêter dimanche et, seul visiteur en vacances parmi ces travailleurs, le petit voilier. Sur la gauche, la jetée, son long mur de pierres trop sombres pour être rassurantes et, un peu plus loin, chien de garde sur son rocher, le phare. Et partout, partout, l'océan.

Suis-je ici pour l'océan ? Ou bien suis-je à la recherche des mains vieillies d'un homme ?

Les deux adolescents qui jouaient dans l'eau ont passé des pulls blancs sur leur peau brune. Maintenant qu'ils sont assis à deux tables de moi, ils me paraissent plus vieux. Ils sont beaux. Lorsque l'homme élégant lève vers eux son verre rempli d'un vin couleur de miel, indiscrète, j'intercepte un instant le sourire qu'il leur destine. Sont-ils ses fils, ses petits-fils, ses amants ? En tout cas, il leur offre la tendresse d'un amour que l'on donne une fois pour toutes, et sans conditions. Une énorme boule durcit dans ma gorge. Je baisse la tête et j'agresse le poisson de rocher que j'ai commandé. Je sais pourtant que

30

c'est lui, ou plutôt ses arêtes qui gagneront la bataille.

Mes voisins s'attaquent à de splendides langoustes grillées dégoulinantes de sauce à l'ail. Comme si ce n'était pas suffisant de déjeuner seule, j'ai fait l'économie du plaisir.

Un ronflement me réveille en sursaut. J'ai froid. La terrasse est à l'ombre, et je suis seule. C'est donc moi qui ronflais. Vin blanc, soleil et sieste, je suis courbatue et j'ai la nausée.

Le voilier a disparu, je redescends vers le port. Sur le trottoir, devant le bistrot de Juan Carlos, ma table est occupée par quatre jeunes filles. Leurs shorts, leurs chaussures de marche, leurs sacs à dos de couleurs vives aux armatures légères posés à leurs côtés témoignent de leur identité. Auto-bateau-stoppeuses.

Mon fragile territoire envahi, je recule. Trop tard. Juan Carlos, mon Don Juan de Montpellier, m'a vue. Prise au piège, je vais devoir affronter ses nouvelles conquêtes.

Depuis que tu n'es plus là, maman, les jeunes me font peur. Ils m'intimident. Auprès d'eux, je ne sais plus où j'en suis. Avant que tu t'en ailles, je me sentais presque toujours en ordre, toi devant, puis moi, et peut-être un jour, quelqu'un d'autre après nous, comme une possible continuité. Tout à coup, un pan de la route s'est effondré et je n'ose ni me retourner ni avancer. Je vais finir par sécher sur place.

Juan Carlos virevolte, il se met en quatre, il fait le pitre, et les filles éclatent de rire en plusieurs langues. Elles sont belles et pendant que, subrepticement, du bout des doigts, je cherche les marques de vieillissement sur mon corps, mon regard, comme une caresse, parcourt les peaux tendres et transparentes, légèrement rosies, ou déjà hâlées, de leurs visages, de leurs cous, de leurs seins, de leurs cuisses. Surprise par un autre regard, je tourne la tête. Mon verre de bière jaune et tiède me ramène au décor de ma chambre.

– Excusez-moi, je dois rentrer.

Ce soir, Juan Carlos ne tente pas de me retenir. Les petits vieux me regardent passer. Sentinelles endimanchées, immobiles sur leur banc, ils me refusent un signe de reconnaissance. Difficile d'apprivoiser des petits vieux. Et si l'un d'eux s'appelait François, comme toi, papa ?...

A l'angle de la rue, le chien jaune me guette. Ce soir encore, je n'ai rien à lui offrir. Patience, nous emménageons demain.

5

Ma brosse à dents, restée dans son emballage éventré, les fleurs jaunes des murs et le bruit des ressorts du sommier m'empêchaient de me poser des questions. J'étais simplement partie pour l'étranger. Me voilà chez moi.

Preuves trop évidentes de mon installation précaire, j'ai enfoui mes deux sacs au fond d'un placard. Mes quelques vêtements, pendus, ou pliés sur des étagères, n'ont pas réussi à transformer la penderie de l'entrée en armoire campagnarde remplie de piles de linge frais, aux senteurs de fin d'été. Un jour, peut-être… Maman, qu'attendais-tu de ce pays, une odeur de lavande dans un vieux meuble ou bien encore un peu d'amour ?

Est-ce que l'homme aux yeux très bleus me baiserait dans mon lit immaculé, et y a-t-il une place pour un homme dans ma chambre ?

Le matelas, les lampes de chevet, posés à même le sol et, dans son cadre appuyé contre le mur, le voilier blanc perdu sur l'océan ne parviennent pas à réchauffer cette pièce qui me reflète. Est-ce moi tout ce vide ? Est-ce moi tout ce silence ? Pour me répondre, une petite pluie fine et grise s'est mise à tomber. Il me faudra du temps pour finir ce voyage, mais enfin je l'ai commencé.

Païenne, pour conjurer le sort, j'ai éparpillé dans la salle de bains mes pots de crème, mes lotions, mes poudres et mes parfums, en offrande à la déesse Beauté.

Le lampadaire doré, planté comme un arbre de lumière, partage l'immense living en deux. Côté boulot, le bureau, sa chaise, sa lampe. Mon éditeur devrait être soulagé. Côté farniente, comme sur une plage, les deux chaises longues, devant la baie vitrée, font face à la mer. Je me sens arrivée.

Comme tous les soirs, la nuit a succédé au jour sans s'annoncer, et je prends mon premier dîner dans ma maison, debout sur mon balcon, en regardant la pluie danser dans les faisceaux des réverbères. Sur le quai mouillé, le chien jaune lèche une boîte qui contenait du thon. J'espérais la partager avec lui, mais il a refusé de monter chez moi. Il n'est pas encore prêt à échanger sa liberté contre un peu d'amitié. Lorsque je le désirerai moins, ou que je me sentirai moins seule, il viendra peut-être s'allonger sur mon joli parquet. Mais, pour cela aussi, il faudra du temps.

6

L'église de Valverde, recouverte de son glacis rose et blanc, fait tellement penser à un énorme gâteau de mariage que je ne peux m'empêcher de l'imaginer en train de fondre sous le soleil de midi, engloutissant ainsi les fidèles de la grand-messe sous une montagne de crème au beurre. Tout à cette pensée peu chrétienne, je franchis le porche bizarrement grand ouvert de ce lieu saint et, aussitôt, je reçois sur les pieds le contenu d'un seau d'eau glacé. Dieu existe. Contrite, j'accepte la punition qu'il vient de m'infliger et je m'excuse même dans une langue improvisée auprès d'une femme qui, armée d'un balai-brosse, frotte avec vigueur les dalles de pierre inondées. Cette femme, vêtue d'un tablier fleuri, un foulard noir sur la tête, n'a pas un regard pour moi. Son patron a déjà dû lui signaler mon manque de foi. Sautillante, j'évite son balai et m'éloigne dans l'allée centrale.

Au fond de l'église, l'autel semble dévasté. Une autre femme, presque identique à la première, s'active sur les objets du culte, puis, brandissant un calice à bout de bras, elle s'adresse à haute voix à une autre personne que je n'ai pas encore remarquée. Une troisième femme occupée à trier des fleurs. Et tout à coup, trois mots, comme trois notes de musique, se mettent à trotter dans ma tête. « Quotidien – ménage – trivial… Quotidien – ménage – trivial… »

Ces mots, c'est un homme qui les a prononcés, un jour qu'il était rentré plus tôt que prévu chez nous et qu'il m'avait surprise en plein nettoyage de printemps. Bien sûr, nous nous étions disputés puis nous nous étions réconciliés et tout avait continué comme avant les mots. Qui prend garde au travail souterrain des mots ? Seulement, à partir de ce jour, je me suis mise à faire un drôle de rêve.

Je suis dans une maison, j'attends la nuit. J'attends que les autres dorment. Moi, je reste éveillée. Je dois faire le ménage, épousseter les meubles, ranger les objets, faire la vaisselle, laver le linge, remplir des poubelles et tout cela je dois le faire en silence. Mais toujours quelque chose m'échappe, tombe et se fracasse, et le bruit me réveille.

L'homme est parti depuis longtemps. Le rêve revient parfois, mais, c'est vrai, j'aime faire le ménage dans ma maison. Cela m'aide à chasser mes fantômes. Cela me rassure. De quoi ai-je peur ?

Je me dirige vers une allée plus calme, plus sombre, au bout de laquelle je distingue une petite chapelle. Si j'ai de la chance, elle sera dédiée à la Mère et l'Enfant.

Une échelle est appuyée contre un pilier. Je lève la tête et je découvre un vieil homme, en équilibre précaire, faisant sa toilette à saint François. L'homme a dû entendre mes pas car il se retourne. Ce n'est pas un vieil homme. C'est un enfant, un enfant au visage rond, avec des yeux bridés et très écartés, un nez épaté et des lèvres épaisses qui s'étirent en un sourire.

Mon Dieu, merci pour ce sourire innocent.

La petite chapelle est vraiment dédiée à la Vierge et à Son Fils. Deux ou trois cierges y brûlent. Après avoir glissé une pièce de monnaie dans un tronc, j'en choisis un, le plus beau, rangé parmi d'autres dans un casier de bois puis je l'allume à une flamme vacillante.

Allumer un cierge, c'est un geste nouveau pour moi. Avant ta mort, maman, je ne le faisais jamais. J'entrais dans les églises pour l'architecture, les tableaux, les sculptures, l'odeur, la paix. Maintenant, j'y entre par superstition et pour te parler. En offrant ton corps à la science, c'est comme si tu m'avais privée d'une cérémonie. Mais quelle cérémonie ? Tu n'avais pas de religion. Tu étais simplement généreuse, à l'écoute des autres et pour tout ce qui te concernait, tu étais discrète, secrète, persuadée que rien de toi ne pourrait nous intéresser. Alors, même morte, tu n'as pas voulu nous gêner, tu t'es juste éclipsée. Et moi, depuis, je te cherche et j'allume des cierges. Je sais bien que tu n'es pas plus dans les églises qu'ailleurs. Tu es partout mais je ne te trouve nulle part. Est-ce toi, maman, que je suis venue chercher sur cette île ?

Sous le regard tranquille des vaches paissant l'herbe tendre du sommet, comme d'habitude je me suis arrêtée pour faire pipi. Tout de suite, j'ai eu la sensation de faire partie du paysage et, positive, j'ai mis à profit cet instant de début de bonheur pour me donner un bon conseil.

— OK, Virginia, tu as le droit de visiter les églises, toutes les églises de l'île, si tu veux, et si cela te réconforte, tu peux y faire brûler des cierges. Mais, pour les cimetières, ma belle, il faudra attendre. Attendre d'être vraiment certaine d'avoir quelqu'un à y trouver.

Je te préférerais vivant, papa.

7

Je rentre tard. La nuit a déjà envahi le village. Une simple ampoule dénudée pour chacune de ces maisons inachevées et les pâles halos des quelques réverbères ne font pas de La Restinga la Ville lumière.

En passant devant le café-restaurant-hôtel-moderne, j'ai une tendre pensée pour sa patronne, ma douce flaque d'eau. Quand j'aurai repris des forces, je lui rendrai visite. Mais pour l'heure, je vais tenter de rester de bonne humeur en m'offrant chez Juan Carlos une platée de pâtes et du vin fort.

Sur le port, les petits vieux ont déserté et le bateau de mon amoureux manque à l'appel... Mon amoureux ! Quelle imbécile !

Un homme est assis à la terrasse de mon bistrot. Un homme ? Un jeune homme, qui a eu la délicatesse de ne pas s'installer à ma table. De toute façon, je ne le lui en aurais pas voulu parce qu'il est tout seul comme moi, et surtout parce qu'il est un homme. C'est fou ce que je peux préférer le sexe fort au sexe faible. Je dois être nymphomane. Ou alors, je l'ai été dans une autre vie et j'en garde un bon souvenir.

Tel un voleur de rêves, je me suis approchée sans faire de bruit. Gagné ! Le jeune homme sursaute.

– Bonsoir.

Il rougit.

– Bonsoir.

Je rejoins ma table. A peine suis-je installée que Juan Carlos se précipite. Il m'entoure, m'embrasse, m'enlace. Il questionne, raconte, gronde. Il est l'ami, le frère, presque l'amant, et il m'a préparé à dîner. Lui, c'est sûr, il préfère les femmes et comme pour l'heure il semble que je sois la seule en vue, je sens que je vais en profiter. Ce n'est pas si désagréable d'être appréciée, surtout devant témoin. Et puis Juan Carlos est un enchanteur. En quelques instants, il a transformé ce bout de quai sombre en un lieu chaud et convivial. Un pichet de vin, de la musique, un peu de lumière, toute sa fougue et le tour est joué. Le jeune homme et moi sommes des princes. Notre go-between a rapproché nos tables, il nous a présentés, la soirée peut commencer.

Le jeune homme s'appelle Fred. Il a les cheveux roux, les yeux roux, la peau blanche et le nez pelé. Il est beau mais ça ne se remarque pas au premier regard. Il ressemble à un manant du Moyen Age, ou à Robin des Bois, ou à un Irlandais. Il est Allemand.

Il parle l'espagnol et aussi le français. Il doit avoir vingt-cinq ans, un peu plus ce serait mieux pour moi, un peu moins, pourquoi pas ?

Don Juan est à ses fourneaux, Fred et moi... Fred et moi, c'est rigolo. Il y a quelques jours encore, j'avais d'anciens amis, de nouvelles connaissances, des relations utiles. J'étais, je disais, je faisais, j'allais et je venais. Il m'a suffi d'un départ pour que je sois tout entière dans cette image : « Fred et moi. » Et que, larguée au large des côtes africaines, aussi loin de mon univers que de la planète Mars, étrangère à cette terre parce qu'étrangère à moi-même, j'échange en toute humilité des phrases fragiles de sens avec un presque adolescent. Prudemment, lui et moi sommes restés en lisière des idées, juste pour faire connaissance, juste pour dire et pour entendre, et pour ne pas se regarder. Nous taisant même à chacune des brèves apparitions de notre cuisinier. Il nous a bien fallu changer de ton lorsque, le dîner prêt, Juan Carlos est venu s'asseoir entre nous. Juan Carlos, lui, pose de vraies questions et il écoute les réponses de tout son corps. Comme un enfant avant de s'endormir, il se laisse bercer par les histoires des autres puis, tout à coup, s'anime et à son tour devient conteur. Juan Carlos est un passeur de vie. Sur son bout de rocher, patient, il attend puis il reçoit et il donne. Avec chaque voyageur, il fait un bout de route, l'aidant à s'inventer des souvenirs

41

inoubliables. A l'un il offre le vin, à un autre le pain, à d'autres l'amour. Que garde-t-il pour lui ? Que cache-t-il derrière tant de gentillesse ? Un jour, lorsque ses leçons auront porté leurs fruits, moi aussi je lui poserai les vraies questions. Pour ce soir, sournoise, j'engrange, je me répare, j'aiguise en cachette ma toute nouvelle curiosité, tout en observant à la dérobée l'arrivant. Il me plaît. Il est sauvage ou apeuré. Et surtout, il est fatigué. A vingt ans, de quoi peut-on être déjà si fatigué ? En fait, Fred a vingt-cinq ans. J'avais bien deviné.

Pendant qu'en parlant, nous laissions le temps passer, au-dessus de nous, les étoiles, mille millions de petits lampions serrés les uns contre les autres, se sont allumées puis éteintes. Et la lune, toute ronde, a fait son apparition puis, pudique, elle s'est voilée. Maintenant, il doit être tard. Un vent frais vient de la mer. Un bateau, feux éteints, est entré dans le port et, très lentement, il est venu prendre sa place. Mon cœur bat plus fort, ma gorge se serre. Je sais bien à quelle place ce bateau va accoster. Je sais bien quel marin va sauter sur le quai.

Ce que je ne savais pas, c'est que le chien jaune serait à ses côtés.

L'homme aux yeux très bleus avance vers notre îlot de lumière et de vie. Cette fois, lui et moi allons avoir du mal à nous éviter.

Juan Carlos, en hôte parfait, ne laisse aucune chance à notre complice anonymat.

– Virginia, Fred, Luis.

En me tendant la main, Luis me regarde droit dans les yeux. Epreuve, défi, je ne cille pas. Sa peau est chaude. J'aime sa peau.

Tout en invitant son copain à prendre place parmi nous, Juan Carlos le débarrasse d'une nasse pleine de poissons et d'un certain nombre de cartouches de cigarettes. Drôle de pêche.

Luis picore nos restes et nous buvons du vin.

Parlant tantôt français – je ne m'étais pas doutée le premier soir que l'homme aux yeux très bleus parlait ma langue – tantôt espagnol, les trois hommes racontent des histoires de bateaux. Et moi, déjà femme de marin, j'écoute et je me tais. Si mes amis parisiens me voyaient, ce serait la fin de ma réputation d'intellectuelle branchée, plutôt libérée. Mes nouveaux amis, eux, ne s'offusquent guère de mon mutisme. Ils semblent même le prendre pour de l'admiration. Les écoutant conter leurs exploits, je reste bouche bée. Ils apprécient, et même ils en rajoutent, et moi, me sentant étonnamment bien, je souris.

Très tard, je me suis excusée.

– Je vais rentrer. Bonsoir et merci pour la soirée.

Une reine pour trois rois. Un instant, je les ai sentis désemparés. Le chien jaune les a départagés. C'est lui qui m'a raccompagnée jusqu'à ma porte.

Le temps d'une mini-toilette, et je me glisse voluptueusement dans mon lit immense. J'occupe toute la place. J'éteins la lumière et, les yeux grands ouverts, je scrute l'ombre. Je n'ai pas sommeil.

Luis… Alors, mon amant s'appelle Luis… Mon amant !

A Paris, j'avais un amant, un vrai. Il était même marié, et mal marié. Il m'offrait des déjeuners pressés, des fins d'après-midi, des dîners volés, des nuits écourtées, et beaucoup de fleurs. Nos débuts avaient été exceptionnels. Nous nous échappions pour faire l'amour. Nous nous prenions sur les tables, sur les chaises, à même le sol, dans les voitures, les salles de bains, les salles de cinéma, et même dans des lits lorsque nous avions l'opportunité d'en trouver un. Et, quand nous étions enfin rassasiés, nous marquions de signes cabalistiques les lieux de nos ébats. Nous promettant de les revisiter des centaines de fois. Puis nous nous sommes calmés. Les derniers temps, avant mon départ, lorsque nous nous retrouvions seuls, nous étions lamentables. Rien de plus sordide qu'une passion qui s'épuise avant d'avoir donné naissance à la tendresse.

Est-ce pour fuir ce triste flop que j'ai entrepris ce voyage ? Je ne le pense pas. Si j'avais dû voyager après chacun de mes échecs amoureux, je serais devenue exploratrice ou bien hôtesse de l'air.

De l'autre côté de la grande baie vitrée, le ciel devient laiteux. Appuyée contre les oreillers, émue, je guette le lever du soleil sur la mer. Cette nuit a été vraiment douce.

Des touristes, trop nombreux pour être arrivés séparément par la route ou par la mer, ont envahi mon espace. Profitant sans doute de mon sommeil tardif, un car a dû les déverser en haut du village. Et, tel un nuage de sauterelles, ils se sont abattus. La terrasse de l'hôtel aux volets bleus, le bistrot de mon pote, le quai, la jetée, le phare, la plage de cendres, même les rues éventrées, rien ne semble épargné. Que laisseront-ils de La Restinga après leur départ ?

Sur le pas de ma porte, j'hésite à affronter le danger mais après le vin d'hier, j'ai trop besoin d'un vrai café. Courageuse, je m'élance. Les petits vieux sont là, toujours immobiles, plaqués contre leur mur. Qui sait, ils seront peut-être dévorés ?

Le bateau, rentré tard, lui, est déjà reparti. Si Luis et le chien jaune sont à son bord, en voilà deux au moins qui auront échappé au massacre.

La tête dans les épaules, les yeux fixés sur mon objectif, prête à me défendre, je fonce droit sur mon bistrot. Fred est encore là. Reposé, naturel comme s'il avait toujours fait cela, il aide Juan Carlos à servir de la sangria. Fred est encore là, et je ne sais pas pourquoi, tout à coup, l'air me paraît plus léger.

Rassurée, heureuse, bien à l'abri à l'intérieur du bar, je me fais choyer par les deux garçons. Juan Carlos me sert du café, serré, serré, pendant que Fred me beurre des tartines. Cette nuit, il a dormi chez Juan Carlos. Il va peut-être rester quelque temps parmi nous. Me voilà contente, comme une tante vieille fille recevant son unique neveu dont depuis toujours elle est amoureuse sans jamais se l'être avoué.

8

Les touristes sauterelles n'ayant pas l'intention de lâcher leur proie, c'est moi qui cède la place. El Hierro, petit V noir, à nous deux ! Aujourd'hui, je te traverse de part en part. Comme d'habitude, je vais remonter jusqu'à ton sommet, m'arrêter un instant, mais là, laissant sur ma droite la route qui mène à ta capitale, je vais me laisser glisser le long de ton autre versant pour rejoindre des villages aux noms mélodieux, Frontera, Los Llanillos, Sabinosas, Pozo la Salud, c'est là, paraît-il, que sur les rives bordant ton golf, à l'abri des vents, les paysans cultivent la vigne et les arbres fruitiers. Ile de El Hierro, « septième rose flottante » selon les guides, peut-être à mes yeux mériteras-tu enfin ton nom et, comme sur les cartes postales, m'apparaîtras-tu gaie, fleurie, ensoleillée et riante, l'île !

– Est-ce que je peux venir avec vous ?

J'ai failli dire non. Mais comment expliquer à un jeune homme rencontré la veille que je ne suis pas ici pour visiter ? Que ce voyage, que j'ai toujours refusé de faire, je le fais à présent à la place d'une autre, une morte, et que je suis à la recherche d'un père que j'ai voulu fuir presque toute ma vie ? Comment avouer que je veux rester seule parce que j'ai honte ? Honte d'avoir un jour été abandonnée, oubliée, trahie, par ce père, et que j'ai peur, tellement peur de ce qu'au bout du chemin je risque de découvrir. Je me suis entendue répondre :

– Vous pouvez monter.

Traversant une fois encore la monotonie des champs de lave, je jette des regards furtifs à mon passager. Appuyé contre sa portière, le corps rigide, le visage fermé, il se tait. Il ne ressemble pas plus au jeune homme ouvert et curieux de la soirée d'hier qu'au serveur zélé de ce matin. A-t-il senti mon hésitation, lorsqu'il m'a demandé de m'accompagner ? Est-ce moi qui l'ai blessé, ou bien est-ce la vie qui déjà s'en est chargée ?

Fred est arrivé par la mer. Il ne connaît encore rien de l'île et, pourtant, il ne prête aucune attention au paysage. Peut-être que, comme moi, il n'est pas venu ici pour visiter.

Luis, Fred, Juan Carlos, ma douce flaque d'eau, le chien jaune et même les petits vieux, mon pauvre univers se repeuple.

Depuis des mois, auréolée de ma douleur, je me tenais bien à l'écart de mes semblables. Soigneusement éloignée de tout ce qui aurait pu adoucir mon chagrin, je me sentais à l'abri. Je ne vais tout de même pas me laisser bêtement rattraper par les sentiments. Je suis bien dans ma peine. Egoïste, avare de moi-même, ne partageant rien d'essentiel, fuyant les autres comme on le fait lorsqu'on est heureux ou amoureux, je suis tranquille. Le malheur aussi a du bon, il est même beaucoup plus confortable que le bonheur. Malheureux, au moins, on n'a rien à perdre.

Voyageurs plongés dans nos voyages intérieurs, Fred et moi, nous avons traversé les villages écrasés par le soleil, puis l'ombre fraîche de la forêt profonde. Ce n'est qu'en atteignant le sommet que mon jeune passager s'est redressé et qu'enfin il a daigné regarder autour de lui.

— On se croirait en Suisse.

— Oui, il y a même des vaches. On fait une petite halte ?

Ensemble, nous avons sauté de la voiture puis, sans nous concerter, nous nous sommes éloignés l'un de l'autre, disparaissant chacun derrière un muret. Lorsqu'il m'a rejointe, Fred m'avait cueilli un bouquet de violettes. Des larmes ont jailli au bord de mes cils.

En silence, nous avons amorcé la descente. C'est vrai, El Hierro, que ton autre versant est beaucoup plus riant. Alors, pourquoi les cartes postales parlaient-elles de La Restinga ? Pourquoi, papa, avais-tu choisi le mauvais versant ? Mais vivais-tu à La Restinga ou y étais-tu seulement de passage, François ?

L'autre matin, je suis allée à la mairie consulter le registre. Je n'ai trouvé ton nom ni chez les morts ni chez les vivants. Il me reste les mairies de tous les villages de l'île, mais si tu as changé de nom, ou si simplement tu n'as jamais vécu ici, je ne suis pas près de te retrouver.

Au bout de quelques kilomètres de virages très secs et d'à-pics impressionnants, inquiet ou brusquement conscient de son rôle d'homme, mon compagnon m'a proposé de prendre le volant. J'ai cédé ma place avec le sourire. Incorrigible. J'ai vraiment une passion pour le machisme. A partir de ce moment-là, c'est moi qui ai été terrorisée mais, stoïque et idiote, je n'ai pas pipé mot. Je n'ai pas bronché non plus lorsque, non content des réelles difficultés de la route, mon chauffeur, attiré par des noms magiques peints à la main sur des planches de bois – La Cruz de los Reyes, Le Pico del Mal Paso, Le Faro Orchila – nous entraîna à plusieurs reprises sur des pistes abruptes qu'à chaque fois, piteux, nous fûmes contraints d'abandonner.

> *El Hierro, ma perle,*
> *toi, tu n'es pas île à te laisser*
> *prendre le premier soir.*

Rescapée du dernier virage, quand enfin la route redevenue droite s'est enfoncée dans un paradis de fleurs et de fruits, je me suis sentie totalement épuisée. A mes côtés, Fred après l'effort, lui, semblait apaisé. Son visage, redevenu souriant, m'a servi de récompense.

D'un commun accord, nous avons continué notre équipée en traversant les villages et les vergers sans nous arrêter, pour avoir une chance d'atteindre l'océan avant le coucher du soleil.

C'est une vraie plage qui nous a accueillis. Une plage de sable blanc. La Restinga, avec ses rochers de lave terminant leur course dans la mer, ne nous avait pas préparés à cela.

N'ayant pas de maillot, pudiques, sans oser nous jeter un regard, nous nous sommes déshabillés et nous sommes entrés dans l'eau froide, chacun de son côté. Puis, adoptant le rythme de l'autre, nous avons nagé ensemble vers le soleil, le regardant disparaître peu à peu dans les flots pour bientôt ne laisser à sa place que de longues traînées rouges.

Il était tard lorsque nous sommes revenus sur la plage. Frissonnante, je me suis essuyée avec mon T-shirt. Décidément, depuis mon arrivée, j'ai perdu l'usage des serviettes de bain.

Galant, Fred a posé sa veste froissée sur mes épaules. Nous étions affamés. Exilés sans bagages, nous nous sommes arrêtés au premier village rencontré, Sabinosas. Debout dans le hall de la « pension restaurante Casa Rosa Empozo de la Salud », mes cheveux mouillés d'eau salée, mon T-shirt humide dessinant mes seins, la veste de Fred sur mes épaules, j'ai eu tout à coup la sensation d'être désirable. Le regard insolent que m'a adressé le patron lorsque Fred, timide, lui a demandé deux chambres, me l'a confirmé.

La chambre aux murs chaulés, le lit haut, la table de nuit branlante, l'unique chaise paillée, la table de toilette supportant sa cuvette et son broc, le petit crucifix avec son brin de buis séché, et la fenêtre ouverte laissant entrer le bruit des vagues me ramènent à un temps de vacances heureuses. Nue, je me glisse entre deux draps rugueux, laissant mon corps fatigué s'enfoncer dans une paillasse de plumes.

Je voudrais m'endormir mais, comme presque toujours, à l'instant où je ferme les yeux, les images se mettent à défiler dans ma tête.

Assise face à Fred dans le patio de la Casa Rosa, en lisant le menu, j'hésite. Pour me menacer de leurs arêtes, les poissons de rocher ont dû faire le tour de l'île, les langoustes aussi d'ailleurs. Mais j'ignore l'état des finances de mon compagnon et si, pour me remercier de la balade, il veut m'inviter, je ne vais pas prendre le risque de le ruiner.

– Vous aimez les langoustes ?

Je ne peux m'empêcher d'éclater de rire.

– Ça veut dire oui ou ça veut dire non ?

– Ça veut dire oui.

– Super !

Nous avons mangé des langoustes, des beignets de légumes, des grandes crevettes, des fèves tendres, des melons d'eau et des oranges. Il faisait frais et, pour nous réchauffer, nous avons bu du vin.

Du vin, nous en avions tous les deux trop bu et la nuit était bien avancée lorsque nous sommes rentrés. Le patron faisait ses comptes. En nous tendant nos clés, il m'a à nouveau gratifiée d'un regard appuyé, que j'ai senti courir sur ma nuque, mon dos, mes reins, mes fesses et mes jambes, tandis qu'à la suite de Fred, je montais l'escalier.

Les draps trop rêches irritent ma peau et me réveillent un peu plus. Les images continuent à défiler.

53

Würtzburg… Würtzburg, en Bavière. Fred est né à Würtzburg. Son père y est vétérinaire et sa mère s'occupe de leur maison. Il y a très longtemps, bien avant les Romains, c'étaient les Celtes qui occupaient la Bavière et voilà ce qui explique les cheveux roux de mon nouveau copain. Mais comment expliquer le désarroi au fond de ses yeux ? Fils unique, aimé de ses parents qui désiraient six enfants, Fred n'a même pas eu à partager la tendresse. Petit garçon maigre aux genoux cagneux, pour se rendre à l'école à vélo, il parcourait des rues anciennes qui serpentaient entre la vieille église et le château. Son père l'emmenait à la pêche sur le Main. Sa mère lui faisait des gâteaux. La maison sentait bon. Alors, d'où vient l'ombre dans ses yeux ? Grisé par les mots autant que par le vin, Fred m'a livré ses amours, et même sa première fois avec une lycéenne. Cela s'est passé dans un champ au bord de l'eau. Il y avait des fourmis et ce fut un fiasco.

Fred m'a presque tout dit, et pourtant j'ai l'impression que ce soir, il m'a raconté quelqu'un d'autre et que, comme moi, il n'est pas prêt à se laisser approcher. Ça ne fait rien, petit frère. Je sais bien que l'on ne peut confier ni les silences entre les mots, ni les absences, ni le cœur lourd. Toi et moi, pour l'instant, nous garderons notre passé mais, comme on dit, l'avenir est à nous…

Je tourne et me retourne dans mon nid de plumes. J'ai trop chaud. Mes seins me pèsent. Je sens un vide au creux de mon ventre. Je passe ma main entre mes cuisses. Mon sexe humide me brûle. Doucement, je commence à me caresser et, immédiatement, un fantasme vient chasser mes réflexions.

Je suis dans une maison, une maison de bois. Je ne suis pas moi, je suis une autre, une autre femme, plus jeune, beaucoup plus jeune. Je suis encore presque une enfant. Mes membres sont délicats. Mon corps fin est délié comme une liane. Mes longs cheveux sont noirs. Je suis une adolescente, une adolescente asiatique. Un homme entre dans la maison. Il est grand, il est fort, il porte des vêtements de toile kaki comme un chasseur ou un militaire. Je connais cet homme, je suis à lui. Il y a longtemps déjà, il m'a achetée, il m'a violée, il m'a prise. A présent, j'aime qu'il me prenne. Je ferais n'importe quoi pour qu'il le fasse. J'en ai besoin. L'homme s'approche de moi. Il pince mes seins puis ses mains frôlent l'étoffe légère de ma robe. Je gémis et il rit. Avec violence, il écarte mes genoux et remonte jusqu'à mon sexe. Il glisse ses doigts entre mes lèvres. Je suis dure et mouillée. Je veux sa queue. Mais l'homme me repousse. Il ne me prendra pas. Il va m'offrir à d'autres hommes. Ecartelée, il va me regarder jouir et crier.

Mon plaisir monte si fort. Mes cuisses enserrent ma main. Je jouis. Je ne saurai jamais combien d'hommes auront pris la jeune fille. Je ne connaîtrai pas sa jouissance. Je sais la mienne, elle est solitaire.

Lourde, apaisée, je m'abandonne. Je me repose. Mais le sommeil ne vient toujours pas. Cette fois, je vais employer les grands moyens. Je vais compter mes amants, comme on compte des moutons, du premier jusqu'à Luis. Comme ça, je connaîtrai le chiffre de Luis. Et peut-être qu'après, tranquille, je pourrai enfin m'endormir. Pour le premier, c'est facile, je ne l'oublierai pas. J'étais si jeune. Les neuf suivants, je les compte sur mes doigts, mais après, ça se complique. Chaque fois que j'en oublie un, je m'embrouille et, troublée, ayant perdu le fil et l'ordre exact, je dois recommencer depuis le début. Si au moins j'avais du papier et un crayon, je pourrais faire une liste comme pour les commissions, mais dans cette chambre je n'ai rien. Désolé, Luis, ce n'est pas cette nuit que tu prendras ta place dans ma vie, puisque je n'arrive même pas à te donner un numéro.

Le jour va se lever, je ne dors toujours pas. Tu vois, maman, depuis que tu n'es plus là pour veiller sur moi, c'est moi qui veille.

Peut-être qu'ainsi j'arriverai à reprendre ma vie en main. Je sais que cela t'aurait fait plaisir. Tu disais :

– Virginia, ta vie va à vau-l'eau. Ecrire des livres, ce n'est pas sérieux.

Tu me souhaitais un mari, des enfants et, surtout, parce que tu n'avais eu que moi, tu te souhaitais plein de petits-enfants. Je te demande pardon. C'est vrai, j'aurais pu te faire au moins un petit, seulement c'est moi qui n'arrivais pas à grandir. Et puis, lâcheuse, tu es partie si vite ! Tu m'as prise par surprise. Cinquante-neuf ans. Tu te rends compte ! Ce n'est pas un âge pour mourir. On nous prenait encore pour des sœurs. Et, de toute façon, je ne voulais pas voir, je refusais les signes annonçant ton départ. Tu n'étais pas vieille. Tu étais à moi. Pourquoi me serais-je pressée, j'avais encore bien du temps pour te regarder jouer les grands-mamans. Oh, maman, est-ce que moi aussi, un jour, je serai mère ?

9

Il y a des jours comme ça. Des jours où l'on ne rencontre pas l'ombre d'un démon. Où peuvent-ils se cacher ? Lorsque Fred m'a réveillée, il semblait en grande forme. Ses yeux pétillaient, ses cheveux mouillés par l'eau froide de la douche étaient plus foncés et les traits fins de son visage plus fermes, plus dessinés, laissaient deviner à quel point ce jeune homme était séduisant.

Où avait bien pu passer l'enfant blessé d'hier ?

A mon tour, j'ai goûté l'eau froide et j'ai senti mon corps revigoré. Après le petit déjeuner, sous la treille du patio, café, fruits, pain frais, comme un couple en vacances, nous avons filé jusqu'à la plage. Toujours sans maillot ni serviette, mais moins farouches, nous nous sommes baignés nus et séchés au soleil. Dans nos vêtements de la veille, toute la journée, nous allions être salés et poisseux.

Je devais sommeiller depuis un certain temps lorsque quelqu'un a stoppé le moteur de mon 4X4 devant la porte de mon immeuble. Ouvrant d'abord un œil puis l'autre, j'ai lentement tourné la tête vers le chauffeur que je n'ai pas immédiatement identifié.

– Tu as bien dormi ?

Si Fred me tutoyait, je devais le tutoyer aussi. Dans le doute, je me suis contentée de hocher la tête pour répondre oui.

Jamais autour de nous, La Restinga n'avait dû être aussi endormie. Hormis les réverbères, pas une lumière. Même le rideau de fer du bistrot du port était baissé. Par habitude, déjà, du regard, j'ai cherché le bateau de Luis. Il était bien rentré au port. Le chien jaune ne m'avait pas attendue. Je me suis à nouveau tournée vers Fred et là, j'ai été prise de panique. Où allait-il dormir ?

Depuis la veille, tous les deux, aussi peu encombrés que des oiseaux migrateurs, nous nous étions laissés porter par les vents, ne nous posant çà et là qu'au gré de nos désirs ou de nos besoins. Le dernier atterrissage était plutôt pénible. Le 4X4, bien sûr, était un lieu neutre que nous partagions, Fred et moi, depuis des heures. Je ne pouvais tout de même pas proposer que nous y finissions la nuit chacun sur une banquette. Que penseraient les petits vieux qui nous découvriraient au matin ? Je ne pouvais pas non plus abandonner mon compagnon. Et puis, il s'était mis à faire froid et dans cette voiture, nous ne possédions rien, rien, rien, pas même un Kleenex.

Prise au piège, je n'entrevoyais plus qu'une solution, faire monter Fred chez moi et ça, je ne le pouvais pas. Depuis le monsieur de l'agence qui m'avait loué l'appartement et les livreurs, personne n'avait pénétré dans ma tanière. Je n'étais absolument pas prête à montrer ma solitude, mon désert. Et je m'étais juré que le chien jaune serait le premier à passer le seuil de ma porte.

Fred devait sentir mon trouble. Nous n'osions nous regarder lorsqu'un grand bruit nous a fait sursauter. Juan Carlos sortait ses poubelles. J'étais sauvée.

Papa, comment as-tu découvert cette île ? La « Benjamina », le « Paraíso », « Le Paradis », comme ils disent sur les dépliants. La connaissais-tu ? En avais-tu simplement entendu parler ? Avais-tu déjà l'idée d'aller t'y installer lors des dernières vacances que nous avons passées ensemble ?

Ce printemps-là, tu avais dit :

– Virginia, cette année, terminé les jeux de petite fille, tu es grande maintenant.

J'étais bien d'accord avec toi, je venais d'avoir treize ans. Fini les baignades surveillées, les goûters à l'ombre du parasol, les promenades sur le sable mouillé en compagnie d'une copine, mais toujours à portée de vue des parents. Fini la menthe à l'eau, à la terrasse d'un café, assise entre toi et maman. J'avais treize ans, et un vélo. J'étais libre. Quelques tours de roue, et je quittais votre périmètre. A moi les dunes, les chemins creux. A moi, la bande et les garçons. Mais papa, tu en avais décidé autrement. Pendant que je rêvais, tu avais continué ta phrase.

– Tu es grande, maintenant... Et il est temps que tu voyages. Cet été, je vous emmène, ta mère et toi, visiter l'Italie.

Petite fille gâtée, choyée, protégée, je ne m'étais jusque-là jamais sentie vraiment malheureuse.

Alors pourquoi ces mots qui auraient dû me combler m'ont-ils fait peur, papa ? Ce jour-là ai-je eu le pressentiment que l'innocence de mes bonheurs d'enfant allait s'envoler et que, désormais, la vie ne me louperait guère ?

Le matin du départ, assise à l'arrière de la voiture, mon sac à dos rempli de bouquins serré contre moi, je reniflais, et j'avais les yeux rouges. Les yeux de maman l'étaient aussi, mais alors j'ignorais pourquoi.

Vous visitiez les musées, les églises. Rebelle, je vous attendais au soleil sur les places. Je mangeais des glaces en dévisageant les passants et certains hommes me rendaient mon regard. Cet été-là, je ne suis pas tombée amoureuse d'un petit garçon aux jambes griffées par les ronces. Je n'ai pas reçu mon premier baiser, dans l'ombre d'un cinéma rempli d'adolescents bruyants. Je n'ai pas flirté avec le copain de ma meilleure amie. Et c'est toi, papa, qui m'as appris à danser le rock. Cet été-là, j'ai sauté une étape, de petite fille, je suis devenue femme.

Nous roulions une partie de la journée et, le soir, nous nous arrêtions dans des hôtels moyens. « Deux étoiles ». Tantôt propres, tantôt moins. Mais toujours au centre des villes, près de lieux prestigieux. Nous dînions dans des trattorias. Parfois, maman semblait fatiguée. Toi, papa, tu voulais tout voir, tout nous montrer. J'ignorais encore ton goût du voyage, j'allais bientôt l'apprendre. Tu nous as emmenées partout. Milan, Parme, Pise, Florence, Rome, Naples, Pescara, Ancône, Rimini, Ravenne, Bologne, Ferrare, Vérone, Padoue et Venise. Venise, je ne sais pas pourquoi, mais je trouvais ce nom ridicule. La ville des voyages de noces et des gondoliers. Je l'imaginais comme une pièce montée, avec deux jeunes mariés en sucre plantés à son sommet. Nous y sommes arrivés en fin de journée. Nous avons laissé notre voiture dans un immense parking à étages et, chargés de tous nos bagages, nous nous sommes traînés jusqu'au vaporetto. Tous les trois, nous étions sales, exténués et j'avais mal au cœur. Quand le vaporetto a débouché sur le Grand Canal, le ciel était vert Véronèse et ma vie a commencé à changer.

Depuis notre départ, chaque soir, beaucoup trop âgée pour dormir avec mes parents, j'étais reléguée dans des chambres-placards, des pièces étroites au lit à une place, sentant la cuisine, donnant sur des cours ou bien sous les combles. A Venise, j'ai eu un grenier, je ne l'oublierai jamais. Le premier matin, réveillée très tôt par des pigeons qui nichaient sous mon toit, je me suis levée. J'ai laissé un mot. « Je vais me promener. » J'ai quitté l'hôtel en courant. Et là, presqu'à la fin de mes vacances, j'ai cessé de regretter mon vélo. Je venais de trouver ma liberté avec mes pieds. J'ai marché, marché, marché.

A mon retour, vous preniez votre petit déjeuner. Vous n'étiez pas fâchés, curieusement, vous étiez de bonne humeur, et nous avons conclu un accord. Durant ce voyage, j'avais été sage, je méritais donc une compensation. Papa, tu renonçais à m'initier aux grands secrets de l'art. Cette ville, nous ne la visiterions pas ensemble. Chaque matin, maman et toi alliez partir de votre côté, et moi du mien, pour ne nous retrouver que le soir. Et, dans ta mansuétude, tu avais même ajouté :

– A Venise, il n'y a pas d'autos, c'est une ville fermée, sans dangers pour les petites filles.

Tu te trompais.

Je l'ai rencontré sur une place. Il parlait italien, un peu français, et beaucoup avec les mains. Je lui donnais vingt ans. Lui ne m'a pas demandé mon âge.

Depuis un mois que nous étions partis, sans mes copains, loin de mon enfance, j'avais grandi. Il s'appelait Marco. Il m'a tout de suite entraînée dans des quartiers excentrés, loin des touristes. Nous avons déjeuné sur un marché et parce que nous ne pouvions pas vraiment nous parler, nous avons beaucoup ri. Le soir, il m'a ramenée place Saint-Marc, il m'a offert mon premier Bellini. Au dîner, je vous ai paru absente. J'ai dit que j'étais épuisée. Le lendemain, Marco et moi, nous avons traversé la lagune pour aller nous baigner au Lido.

Au dîner, vous avez remarqué que j'avais pris un coup de soleil. En vérité, j'avais des ailes et, en secret, j'envisageais de devenir Vénitienne.

Le dernier soir, très tard, il m'a rejointe dans mon grenier.

Le lendemain, nous rentrions à Paris. J'étais devenue femme et toi, papa, c'est ce jour-là que tu nous as quittées, maman et moi. Mes larmes d'enfant abandonnée se sont mêlées à mon premier chagrin d'amour.

10

Lorsque, affamée après une nuit réparatrice, je quittai mon repaire, le chien jaune vint à ma rencontre. La Restinga était déjà très animée. Les petits vieux, assis à leur place, quelques bateaux restés au port se balançant au soleil, un couple bronzant sur la plage de cendres et les chats errants se partageant avec les mouettes des restes de poisson, tout paraissait en ordre. Je retrouvai même les trois hommes de ma nouvelle vie installés à ma table de bistrot. Luis et Juan Carlos en étaient au pastis. Fred prenait son petit déjeuner.

Réconfortée comme quelqu'un qui rentre à la maison après une longue absence, confiante, j'allai m'asseoir auprès d'eux.

– Tu me passes du café ?

Me rappelant que, depuis la veille au soir, on se tutoyait, je venais de m'adresser à Fred. J'ai lu immédiatement dans le regard bleu de Luis que j'avais commis une erreur. Mon rude marin, mon macho, ma douce brute, tel un coquillage se refermait. Il avait mal et, impuissante, je n'y pouvais rien. Nous avions fait l'amour mais nous ne nous connaissions pas assez pour pouvoir nous expliquer. C'était comme si je l'entendais penser. « Ils ont couché ensemble. Elle est comme les autres. Entre nous, il ne s'est rien passé. Je me suis trompé. »

Je le sentais s'éloigner. Je perdais à toute vitesse un terrain si durement gagné. D'un seul coup remisée parmi les autres femmes, j'étais dépossédée de la seule chose que j'avais aujourd'hui sur terre, mon émotion pour cet homme presque étranger.

Fred et Juan Carlos, ignorant le drame qui se jouait, s'affairaient pour me nourrir, mais je n'avais plus faim.

Luis s'est levé. Il partait à la pêche.

Luis était parti et Fred s'interrogeait. Allait-il partir lui aussi, ou bien ferait-il une halte ? Moi, je me demandais : était-il en vacances ou en fuite ? Fred était de Würtzburg mais, pour l'heure, il n'était de nulle part. Poupée de sel sur l'océan, il flottait encore, mais pour combien de temps ? L'île était belle, en moins de deux jours, je lui en avais presque tout montré. Pourrait-elle lui servir de refuge, d'asile, de lieu sûr, ou bien de tremplin pour l'aider à se propulser sur une autre planète ?

Fred hésitait. Juan Carlos le comptait déjà parmi les siens. Il essayait donc de le retenir.

Je les ai laissés. Je suis rentrée chez moi.

Chez moi... La légèreté de l'escapade des deux jours précédents s'est comme évaporée. A sa place, insidieusement, la tristesse est revenue. Assise par terre au milieu de mon salon, du regard j'explore mon décor. Pas une photo, pas une ancienne lettre à relire, à part trois cartes postales qui ne m'ont jamais été adressées, pas même un vieux bouquin et, question musique, juste quelques cassettes achetées à Valverde, du flamenco et Julio Iglesias chantant des tangos.

Si je voulais faire le vide et, comme dans la chanson, repartir de zéro, chapeau ! Sur le plan matériel, je n'ai pas lésiné. J'ai réussi un dépouillement total. Mais pour ce qui est du reste, je suis plutôt encombrée. Je n'ai pas laissé la moindre valise à la consigne. Tout est là, bien rangé dans ma tête, et pour être tout à fait sûre de ne rien oublier, je me surprends à faire des listes. Qu'est-ce que je suis venu faire ici ? Ecrire un roman ? Sur mon bureau, le petit tas de feuilles blanches à côté des crayons impeccablement taillés commence à prendre la poussière.

Et toi, François, toi le lâcheur, le père abandonneur, as-tu travaillé dans ce pays ? Et si oui, quel métier y as-tu exercé ?

Lorsque j'étais petite et que nous habitions Paris, je n'ai jamais vraiment su ce que tu faisais pour vivre. Maman, c'était simple. Elle était professeur de français. C'est elle qui m'a appris à aimer les mots. Mais toi, papa, tu faisais quoi ? Tu étais élégant, coquet même. Tu sentais bon. Je me souviens de t'avoir vu le matin, après t'être rasé, poudrer ton visage d'un voile de talc pour éviter à ta peau de briller. Tu repassais toi-même tes chemises. Tu marquais les plis de tes pantalons et le samedi, après avoir posé un vieux journal sur la table de la cuisine, tu y cirais tes chaussures. Tu en avais toujours deux paires, une noire et une marron. Des chaussures à lacets. D'abord, délicatement, tu les lavais. Puis tu les enduisais de cirage brun ou noir et tu les laissais sécher. Plus tard, tu les brossais et, pour finir, après les avoir enfilées sur des embouchoirs, tu les lustrais avec les restes d'une de mes vieilles chemises de nuit en pilou. Tu cirais tes chaussures comme un professionnel, mais je n'ai jamais cru que cela pouvait être ton métier.

Tu avais une voiture et il arrivait que tu ne rentres pas le soir. Tu étais peut-être « voyageur de commerce », mais j'avais le sentiment que tu n'aurais pas aimé qu'on le dise. Et d'ailleurs, dans la famille, personne ne le disait. Parfois, tu t'absentais plus longtemps. Maman semblait inquiète et sa mère en profitait pour persifler : « François magouille encore... » Tu magouillais peut-être, mais pas tellement, parce que nous n'étions pas riches. Nous occupions un petit trois pièces dans le douzième arrondissement, et cela aussi j'avais compris que ça ne te plaisait pas. Je n'aimais pas non plus notre appartement. Nous n'y recevions jamais d'amis. Je trouvais notre vie étriquée, mais je pensais : quand je serai grande, je partirai. C'est toi qui es parti, papa et, après ton départ, je n'ai jamais plus voulu que l'on me parle de toi. Les premiers mois, les premières années peut-être, il arrivait que maman me dise :

– Virgina, on a reçu une lettre de ton père. Veux-tu la lire ?

Chaque fois, je répondais non. Elle a cessé de me le demander, ou bien tu as cessé d'écrire. Après sa mort, quand j'ai trouvé tes cartes postales, j'ai cherché tes lettres. Je ne les ai pas trouvées.

La Restinga, El Hierro, les îles Canaries n'étaient pas le bout du monde. Rien, et surtout pas ma mère, ne m'aurait empêchée de te rejoindre, François. Et pourtant rien, durant toutes ces années, ne m'aurait fait céder. Tu m'avais laissée. Je ne te le pardonnerais pas.

Parce que, tout à l'heure, Luis est parti, parce que Fred, lui, hésitait, parce que tous les hommes de ma vie sont toujours partis, et que jamais je n'ai eu le courage de crier : « Attendez-moi », l'angoisse à nouveau me pénètre.

Devant la fenêtre ouverte, je respire l'air à longues goulées pour tenter d'enrayer la crise. Peine perdue, je n'y suis jamais arrivée. Quelque chose, un poids, un animal, une douleur s'installe en moi, au milieu de moi, et j'ai mal. La chose s'étire et court jusqu'au bout de toutes mes extrémités. Je la sens, elle est palpable. Ma gorge se durcit et je me force à avaler ma salive. Autour de moi, le monde a disparu. Je suis seule.

Dans l'eau tiède de ma baignoire, je prends la position du fœtus. Je ne bouge plus. Je respire le plus légèrement possible. Essayant de ne pas penser, les yeux fermés, j'attends que dans mon ventre l'étreinte de la bête se desserre, que dans ma gorge la boule fonde, que, libérées, mes larmes coulent et qu'enfin rassurée, je puisse continuer à vivre.

Une fois encore, les papillons noirs s'en sont allés. Ce soir, je mange un potage en sachet. Demain matin, très tôt, je partirai pour Valverde. Je veux y aller seule pour affronter la mairie. Après, peut-être que j'irai au cimetière.

FRANCESCA GOMEZ
1903-1907

Sur une croix de fer érodée par les ans et l'air marin, l'inscription est presque tout à fait effacée. Entourant la croix, une clôture elle aussi dévorée par le temps délimite un tout petit jardin en friche.

1903-1907, Francesca, tu es morte il y a quatre-vingt-dix-ans et tu avais quatre ans. Comment contenir toute une vie dans un si court laps de temps ?

Les tombes d'enfants me fascinent. Dans chaque cimetière visité, je les cherche et, presque toujours, sauf lorsqu'elles sont fraîches, elles sont oubliées. Les enfants morts n'ont pas d'amis, et pour les parents qui les pleurent, la douleur est souvent trop forte pour être cultivée.

Minuscule tombeau surmonté d'un angelot, petit rectangle de pierre retenant des gravillons blancs sur lesquels repose une photo jaunie, ou simple jardinet abandonné planté d'une croix, devant une tombe d'enfant, on reste démuni. Devant la tienne, Francesca, dans le cimetière de Valverde, aujourd'hui, si je suis attendrie, du moins je ne suis pas triste puisque, depuis ce matin, je sais que je ne risque pas d'y découvrir celle de mon père.

— Mi padre vivir tiene el Hierro... Si... Poco estar el vio... o... poco estar el muerte... No lo sé.

Derrière son guichet, la dame de la mairie est restée sans voix et, comme je n'avais que ces quelques mots à ma disposition, il s'en est fallu d'un rien pour qu'entre elle et moi les liens ténus qui auraient pu présider à un début d'amitié ne s'éteignent avant que de naître. Mais, comme par miracle, la porte du

71

bureau de l'état civil s'est ouverte et une femme, très belle et très âgée, est entrée. Elle parlait français.

J'ai pu tout dire, tout expliquer. J'ai sorti mes papiers, mon livret de famille, enfin le vôtre à maman et à toi, François, parce que moi, personnellement, je n'en ai jamais eu. J'ai avoué à la vieille femme très belle – elle s'appelle Amelia – que tu nous avais quittées, il y avait vingt-deux ans, exactement en 1975. Je lui ai dit qu'au début, tu donnais régulièrement de tes nouvelles mais que moi, je n'avais jamais rien lu de toi avant les trois cartes postales que tu avais postées l'une après l'autre de El Hierro. J'ai même montré aux deux femmes la dernière qui datait d'un peu plus de six mois. Le cachet de la poste en faisait foi. Amelia a fidèlement tout traduit à la dame de la mairie ébahie. Alors, toutes les trois, nous nous sommes mises à soulever la poussière des vieux dossiers. Pour les premières vingt-deux années, papa, tu nous as donné du travail, durant ce temps, tu avais pu beaucoup voyager et, en vain, nous t'avons cherché. Pour les six derniers mois, cela a été plus facile. Sur le registre des décès, d'un doigt hésitant, j'ai suivi les noms des morts. Ils n'étaient pas tellement nombreux et, parmi eux, je n'ai pas lu le tien : « François Laurens. »

Amelia m'a invitée à déjeuner.

– Virginia Laurens, comme l'auteur ?

Incroyable, Amelia a lu l'un de mes romans, *Le Temps d'avant*, et elle l'a lu en français.

Est-ce que toi, papa, tu as lu l'un de mes livres ?

Cela va faire bientôt deux semaines que j'ai atterri sur ton île, deux semaines que je te cherche, et que tu m'échappes. Pourtant, il y a un peu plus de six mois, tu étais là. Tu avais invité maman, tu l'attendais. « Quand toute une vie est passée, une autre peut commencer. »

Cette phrase, je ne l'ai pas inventée. C'est vrai, elle ne m'était pas destinée. Ce n'est pas moi qui devais faire le voyage et je l'ai entrepris avec pas mal de retard. Mais tout de même, cela n'explique pas ta disparition. Tu sembles t'être évaporé, ou mieux encore, n'avoir jamais vécu ici. Je ne rassemble pas la moindre preuve de ta présence en ces lieux et, pourtant, je ne sais pas pourquoi, j'ai l'impression que tu es là tout près, que tu m'ouvres la route et que, comme le Petit Poucet, tu sèmes des cailloux sur mon chemin pour que je puisse enfin retrouver ma famille. Depuis mon arrivée, tu m'as déjà comblée, Luis, Juan Carlos, Fred, le chien jaune et, aujourd'hui, tu m'offres Amelia comme grand-mère. Je n'en ai jamais vraiment eu. Ta mère était morte avant ma naissance et celle de maman était méchante. Amelia, elle, est merveilleuse et, en plus, elle aime les livres comme elle aurait aimé les hommes si son fiancé n'était pas mort en 36, tué par les franquistes. Elle avait vingt et un ans et elle ne s'est jamais mariée. Toute sa vie, elle a été bibliothécaire à Madrid et, depuis qu'elle a pris sa retraite, elle habite Valverde, dans la maison où elle est née, il y a quatre-vingts ans.

Amelia m'a reçue telle l'enfant prodigue parti depuis trop longtemps. Elle a tenu à me donner ce qu'elle avait de mieux. Elle a sorti sa vaisselle fine et, toutes les deux, à l'ombre des persiennes, dans une salle à manger encombrée de meubles qui fleuraient bon la cire, nous avons dégusté des crevettes grises, des langoustines, des escargots de mer accompagnés d'aïoli. Puis, bien calées dans de profonds fauteuils décorés de dentelle, nous avons bu du café fort en grignotant des biscuits.

La littérature nous servant de passeport, comme deux femmes égales, complices, sans différence, sans âge, nous avons pu nous raconter. Et il était déjà tard lorsque, sur la route du retour, enfin je me suis décidée à m'arrêter devant la porte du cimetière.

Le matin très tôt, j'étais partie comme une voleuse pour Valverde. Je ne voulais pas de témoins à ma peur. Le soir, à mon retour, je me sentais légère. Ma visite à la mairie, ma rencontre avec Amelia, puis celle à la tombe de Francesca pour un moment avaient chassé l'angoisse et, comme si des ondes bénéfiques m'avaient précédée, au bistrot du port, c'était la fête. Fred allait rester quelque temps avec nous. Il louerait même l'appartement en face du mien. La famille s'agrandissait. Juan Carlos avait préparé une énorme paella et le chien jaune, que la veille, Luis, dans son départ précipité, avait laissé à terre, est venu la partager avec nous.

La journée avait été riche, la soirée fut parfaite. Pour une fois, oubliant de me défendre, je laissai s'entrouvrir ma carapace. Envahie par la force des sentiments que je ressentais tout à coup pour mes nouveaux amis, j'acceptai même que Luis me manque, sans me demander à quel titre.

Fred m'a emprunté le 4X4 pour aller faire ses achats en ville. Et, dès son retour, il a pris possession de l'appartement. Son installation est encore plus spartiate que la mienne. Un butane de campeur, un minimum de vaisselle, un matelas à une place, un sac de couchage, une planche et des tréteaux, deux fauteuils de toile, deux lampes et une grande plante verte destinée au balcon. Totalement perdus entre les murs blancs des pièces jusqu'alors vierges de vie, ces quelques objets, tous curieusement choisis de couleurs vives, semblent des fleurs plantées dans du béton. Devant tant de dénuement, j'ai osé présenter mon domaine. D'emblée, nous avons annexé le palier et, pour plus de commodité, nos portes restent souvent ouvertes.

Désormais, Fred et moi habitons un palace.

11

Cela va faire huit jours que mon amant d'un soir… mon amant d'un quart d'heure nous a quittés. S'il revient, il sera étonné. Fred et moi sommes tout à fait installés et nous vivons comme un vieux couple. Un couple vraiment vieux, puisque nous ne faisons pas l'amour. Nous avons nos habitudes, nos rites et, ne possédant presque rien, nous partageons tout. En découvrant mes potages en sachet, mes boîtes de thon, mes yaourts 0 %, mes corn flakes et mon lait longue conservation, Fred a paru épouvanté. M'empruntant une nouvelle fois mon 4X4, il a disparu durant plusieurs heures, pour ramener de son expédition de quoi nourrir une colonie de vacances. Une colonie d'enfants bien éduqués. Car, contrairement à moi, qui mange n'importe quoi, n'importe quand, Fred, lui, se nourrit très sainement, ses préférences allant d'abord aux légumes verts, aux fruits de saison, aux céréales, au poisson frais, aux œufs, aux laitages, à l'huile d'olive et aux

épices. Je le soupçonne d'être un rien écolo et, surtout, je le soupçonne d'être magicien parce que je
n'arrive pas à imaginer où il a pu trouver dans l'île
tout ce qu'il a acheté. Sa cuisine étant à peu près
inexistante, dès son retour, Fred a envahi la mienne,
remplissant jusqu'à la gueule mon frigidaire et mes
placards.

Depuis, lorsque nous ne prenons pas nos repas au
bistrot du port, c'est lui qui cuisine. Avec seulement
deux plaques électriques et quelques casseroles, il
réussit des merveilles gastronomiques. Moi, je me
contente d'admirer, de goûter, de déguster et de
m'arrondir. Entre Fred et Juan Carlos, mon côté un
tout petit peu anorexique, mais tellement intéres-
sant, disparaît à vue d'œil. Mes jeans me serrent et je
vais devoir porter des soutiens-gorge dans un autre
but que de séduire. Si je n'y prends pas garde, je vais
finir, extérieurement du moins, par avoir l'air d'une
femme.

Suis-je venue jusqu'ici pour apprendre à me
nourrir ?

Est-ce que je mangeais, petite ? Je ne me le rappelle plus et, à présent, toi seul, papa, pourrais me le
dire. Ce dont je me souviens, c'est de ton inquiétude, à toi, maman, lorsque, adolescente, j'avais l'air
de passer des jours entiers sans rien avaler. En vérité,
dès que tu avais le dos tourné, je dévorais tout ce qui
pouvait me paraître comestible dans la maison, pour

le vomir après. Bien sûr que tu le savais, nous vivions toutes les deux. Tu ne pouvais pas l'ignorer, mais tu faisais semblant et, comme si de rien n'était, tu me mijotais des petits plats que j'étais censée avoir toujours aimés. Tu étais vigilante, prête à intervenir si j'allais trop loin. Mais au fond de toi, tu me faisais confiance et c'est cela qui m'a sauvée. Un jour, quelque chose a cédé en moi. J'étais un peu moins en colère. J'ai arrêté de me punir. J'ai à nouveau accepté de m'alimenter mais, signe ultime de ma protestation, j'ai toujours refusé que tu m'enseignes tes secrets culinaires. Je ne les connaîtrai jamais, maman.

Luis ne revient pas. Comme toi, papa, il paraît s'être volatilisé. Les jours passent, je l'attends en te cherchant. Je m'évade et, un à un, je visite tous les villages de l'île. Il y en a trente et un en tout, mais certains restent encore hors de ma portée. Peu à peu, les routes me deviennent familières, seules les pistes me demeurent hostiles. Il me faudrait un guide. Il me faudrait un homme. Mais les deux hommes qui aujourd'hui m'occupent, celui de toujours et, qui sait, celui de demain, semblent me fuir. Patiente, je vis entre deux copains et un chien. Depuis que son maître l'a lâchement laissé tomber – mais est-il son maître ? –, le chien jaune, lentement, se laisse apprivoiser. La nuit, il dort sur des sacs de jute ou sur de vieux cordages laissés sur le quai. C'est Juan Carlos qui le nourrit, mais lorsque je suis assise à la terrasse du bistrot du port, il vient se coucher à mes côtés. Parfois, il pose sa tête sur ma jambe et même il accepte une caresse. Jamais il ne mendie. Et, quand je rentre à la maison, il m'accompagne. Tantôt il me suit, tantôt il me précède, sans accorder son pas au mien et lorsque j'arrive devant la porte de l'immeuble, comme moi il s'arrête. L'un et l'autre, nous nous observons longuement. C'est comme si ma présence l'intriguait, et fixant son regard j'ai soudain l'impression folle de lui rappeler quelqu'un.

Sous la protection de la petite vierge de plâtre bleue, assise au bar de mon bistrot favori, je sirote mon troisième Martini dry. Je sais très bien que cela est mauvais signe. Je me sens hors du temps, hors du lieu. Ce soir, les vieux démons sont de retour.

– Vous boudez ?

– Non, et vous ?

Un homme, la quarantaine, ni beau ni laid, les cheveux laqués par du gel, vêtu d'un pantalon sombre et d'une chemise d'un blanc immaculé faisant ressortir son teint hâlé, vient de m'aborder avec un sourire enjôleur. Je le rembarre, sans même remarquer que lui et moi venons de nous adresser la parole dans ma langue maternelle.

Il y a soirée chic au bistrot de mon pote. Un très beau voilier mouille dans le port. Ses propriétaires et leurs invités ont souhaité dîner à terre et, avec l'aide de Fred, Juan Carlos a transformé sa gargote en fausse auberge espagnole. Mes deux copains, ravis, ont mis les petits plats dans les grands et ils se démènent pour servir cinq couples élégants. Je ne sais pas pourquoi, j'enrage et, écœurée, je noie mon chagrin dans l'alcool. Le chien jaune, réprobateur lui aussi mais conséquent, a émigré à l'autre bout du quai. J'aurais pu rester chez moi. J'ai préféré venir me soûler sur place pour être plus à même de juger mes semblables en toute mauvaise foi.

Sous leur maquillage, sous leur bronzage, avec leurs cheveux colorés ou décolorés, plus déshabillées qu'habillées dans leurs robes suggestives dont le tissu devait valoir si cher qu'elles n'ont pu s'en offrir que quelques centimètres, il m'est impossible d'être impartiale avec les femmes. Je décide donc qu'elles sont toutes moches. Pour les hommes, mon travail est simplifié. Ils usent de moins d'artifices, je me contente donc de leur air satisfait pour les juger sans intérêt. J'attaque mon quatrième Martini dry. Au cours de leurs allées et venues, Fred et Juan Carlos en passant près de moi prennent des mines contrites et désolées, me servant des sourires hypocrites, ils vont jusqu'à me tapoter l'épaule, comme l'on fait à un ami dans la peine lorsque soi-même on est heureux. Je les déteste.

La musique trop forte m'emplit la tête et me fait mal. Sur la terrasse, les couples dansent, se frôlent, rient et s'échangent.

Suis-je venue jusqu'ici pour constater mon incapacité à partager ?

La nuit est étoilée. Au fond, c'est moi que je déteste. Fidèle, fidèle à Luis ou à personne, ce soir encore, je vais dormir seule, sans comprendre pourquoi.

Luis est revenu. Comme si son absence n'avait duré qu'un court instant, il a réapparu alors que Juan Carlos, Fred et moi prenions notre petit déjeuner sur le quai. Le premier, le chien jaune a repéré le bateau. Peu rancunier, il s'est précipité pour faire la fête. Luis a sauté à terre, il a caressé le chien et nous a rejoints. Cela faisait deux semaines qu'il était parti. Il a simplement repris sa place entre nous puis, se tournant vers moi, il a dit :

– Virginia, tu me passes du café ?

Mon bras tremblait un peu quand je lui ai tendu la cafetière. Quand il me l'a prise des mains, nos doigts se sont touchés. Il y a eu un très bref silence, une respiration et tous les quatre ensemble, nous avons éclaté de rire.

Après sa phrase de réconciliation, Luis a utilisé à nouveau le vouvoiement à mon égard et cela m'a fait plaisir. Le petit déjeuner s'est prolongé bien après l'heure du déjeuner. Juan Carlos n'arrêtait pas de refaire du café. Il avait sorti un jambon dont il coupait des tranches fines et, pour finir, il nous a préparé une merveilleuse omelette aux poivrons rouges et au chorizo. Luis racontait son voyage en mer. Il avait emmené des touristes canadiens à la pêche au gros et, pour la première fois depuis que je le connaissais – quatre semaines –, il me faisait rire. Il imitait l'accent de ses clients et livrait de terribles batailles à des poissons imaginaires. Marin-pêcheur, capitaine, contrebandier, dragueur de Canadiennes en mal de pays chauds, qui était l'homme aux yeux très bleus ? Séduisait-il ses passagères comme il m'avait séduite le premier soir ? Je n'allais pas être jalouse. J'ai connu bien des premiers soirs. Hélas, ils se terminaient presque toujours de la même manière : une immense envie de fuite. Lorsque j'étais courageuse, je prétextais un rendez-vous extrêmement matinal pour appeler un taxi et rentrer chez moi en plein milieu de la nuit. Là, pour reconquérir ma paix intérieure, assise dans ma baignoire, je laissais l'eau de ma douche couler de longues minutes sur moi. Mais d'autres fois, piégée, je ne m'enfuyais qu'au matin, après être restée plusieurs heures à faire semblant de dormir, pour éviter d'autres ébats. Ces fois-là, la douche salvatrice durait encore plus longtemps. J'ai fini par renoncer à ces petits désastres amoureux qui me laissaient pour le moins abattue. L'âge, l'ombre du sida m'ont fait adopter l'adage : jamais le premier soir.

Pourtant, avec Luis, sans mots, notre accord a été immédiat. Après l'amour, je ne me suis pas sentie souillée. Toute la nuit, j'ai gardé son sperme en moi et au matin, le long de mes cuisses, j'en ai cherché les traces séchées…

Luis était revenu, c'était bon et lorsque, plus tard dans la journée, il a tenu à visiter nos appartements à Fred et à moi, tout naturellement le chien jaune qui l'avait suivi a enfin passé le seuil de ma porte.

12

Je ne sais toujours pas où Luis habite. A La Restinga, il a son bateau et l'immensité de l'océan. A
l'abri dans un hangar appartenant à Juan Carlos, il a
aussi une vieille moto qui lui permet, lorsqu'il est à
terre, de s'échapper vers n'importe quel point de l'île.
Mais lequel ?

Depuis son retour, Luis se lie chaque jour davantage à notre petit groupe et quand nous sommes tous
les quatre réunis, il lui arrive de se montrer, non pas
volubile mais, pour un marin solitaire, presque
bavard. Par contre, quand lui et moi nous sommes
seuls, très vite, entre nous, le silence s'installe. Pas un
silence contraint ou gêné, mais plutôt comme une
communication qui se passerait des mots. Ensemble,
nous nous contentons de respirer l'air qui vient de la
mer et d'admirer l'ombre et la lumière que nous offre
le soleil aux différentes heures de la journée. C'est
comme si sans nous regarder, sans nous toucher, sans
nous servir du moindre subterfuge, nous tentions de

nous approcher. De notre premier soir, il n'a plus été question. L'observant parfois, à son insu, il m'arrive de sentir monter en moi une douce brûlure, un besoin, qu'immédiatement je réfrène. Lui, il me traite comme il traite Juan Carlos ou Fred, et je sais que c'est déjà beaucoup.

A mon corps défendant, à mon corps défendu, pour les trois hommes qui par hasard depuis quelques semaines partagent ma vie, je suis intouchable. Juan Carlos a ses touristes. Luis et Fred ont chacun leur secret. Nous sommes devenus très proches les uns des autres. Un peu plus pourrait être dangereux. Peut-être le ressentent-ils. Avec Luis, j'ai peur d'avoir passé mon tour. Avec tous les hommes de ma vie j'ai laissé passer mon tour. Mes vraies rencontres étaient sacrifiées d'avance. Dès leur début, j'étais prête à céder ma place bien avant qu'on me le demande. Jamais je n'ai livré de combat pour défendre un amour parce qu'après ton départ, papa, plus jamais je n'ai cru que l'amour m'était dû. Vaincue avant d'avoir livré mes premières batailles, j'ai été obligée de me ranger du côté de maman, du côté des perdantes.

Luis a accepté de nous servir de guide à Fred et à moi pour nous emmener visiter, au bout d'une longue piste semée d'embûches, l'ermitage de La Dehesa. Et nous voilà partis tous les trois. Luis a pris le volant du 4X4, Fred s'est assis à ses côtés et, comme toute femme du Sud qui se respecte, je suis montée à l'arrière de la voiture.

Au sommet de l'île, Luis s'engage sur une piste réellement dangereuse. Nous roulons à flanc de montagne sur un chemin de terre à peine plus large que notre véhicule et, sur notre passage, les pierres qui giclent sous nos roues dévalent des ravins impressionnants. Sa responsabilité de conducteur nécessitant toute son attention, devant la magnificence du paysage que, de toute façon, il doit connaître, notre chauffeur reste muet. Ce n'est pas uniquement par peur que Fred et moi retenons notre souffle. Médusés, émerveillés, entourés par l'océan, nous progressons en silence au milieu de roches noires plantées d'arbres noueux qui s'accrochent au sol de toute la force de leurs énormes racines apparentes. Je ne me souviens pas d'avoir été aussi envoûtée par un lieu.

Est-ce toute cette beauté qui t'a retenu loin de nous, papa ? Est-ce pour faire découvrir cet endroit à maman qu'au bout de tant d'années tu avais projeté de la faire venir ?

François, jusqu'au dernier moment, elle t'a attendu. Elle avait trente-sept ans lorsque tu l'as quittée. Trente-sept ans, juste deux petites années de plus que moi aujourd'hui et, pendant les vingt-deux ans de ton absence, j'ai peur qu'elle n'ait jamais vécu un autre amour. Elle était « la femme d'un seul homme ». Tu ne te rappelles peut-être pas combien elle était jolie, combien elle était tendre et aimante. Bien sûr, elle n'était pas provocante comme une star ou un mannequin de magazine. Elle ne maquillait pas sa peau fine et blanche, et ses cheveux noirs, naturellement ondulés, étaient simplement maintenus relevés par deux petits peignes. Elle n'était ni aguichante ni effrontée mais, dans ses vêtements ordinaires, elle avait vraiment de la classe et, jusqu'à la fin, elle est restée belle. Pourtant, je ne voulais pas lui ressembler. Je n'avais pas eu le choix : par force, j'avais dû endosser son destin de femme bannie mais, en aucun cas, je n'acceptais de m'identifier à elle, parfaite, fidèle et délaissée. Toutes ces années de solitude, devant tant de trésors perdus, je devenais mauvaise. Je la bousculais. J'exigeais qu'elle t'oublie. Je voulais qu'elle se remarie, qu'elle soit de nouveau amoureuse. Face à tant de hargne, elle se contentait de sourire.

– Virginia… Virginia… un jour, toi aussi, tu comprendras que l'on n'aime qu'une fois.

Je ne l'ai pas encore compris, papa, et toi, depuis ton départ, combien de femmes as-tu aimées ? Je souhaite pouvoir te le demander. Je souhaite aussi pouvoir t'avouer combien je t'ai haï.

Binto… Première étape sur notre chemin de croix sur la route de l'ermitage. Luis a garé la voiture en bordure de piste, juste au-dessus d'un précipice. Fred et moi, qui pourtant n'avons pas conduit, sommes moulus. Le voyage a été éprouvant. En file indienne, tous trois nous nous engageons dans une ruelle. Sur l'unique place du village – quelques arbres rabougris et une fontaine –, le bistrot-tabac-épicerie-pharmacie et articles en tout genre ne possède pas de terrasse. Nous pénétrons donc à l'intérieur. Passant du plein soleil à l'ombre presque totale, nous avons du mal à accommoder notre vision et c'est seulement petit à petit que nous découvrons le contenu de cette caverne d'Ali Baba des temps modernes pas si modernes que ça.

Un vieux bar derrière lequel quelques bouteilles et quelques verres partagent une étagère avec des paquets de tabac et de cigarettes. Trois tables et leurs chaises et, disséminés sur d'autres étagères ou posés à même le sol, des produits d'entretien, des ustensiles de cuisine, des outils, de la mercerie, des boîtes de conserves dont il serait vain de chercher, sous la poussière, les dates de péremption, des produits de beauté, des chaussures, des vêtements, des sous-vêtements et même un peu de pharmacie de première urgence.

Nous ayant amplement laissé le temps de dresser son inventaire, le patron du lieu, petit homme gris en sabots, fait enfin son apparition.

J'aimerais un Coca. Il n'y en a pas. Alors, un jus de fruits. Il n'y en a pas non plus. Un verre d'eau. Luis me le déconseille. Nous avons le choix entre un petit vin de pays et du café. Tous les trois sans hésiter, nous optons pour le café. Retournant sur ses pas, le petit homme gris s'éloigne en traînant ses sabots. Certaine que nous ne le reverrons pas de sitôt, je laisse Fred et Luis affalés sur leurs chaises bancales et, munie d'un vieil appareil photo alibi, dont je n'ai jamais su me servir, je m'éclipse discrètement pour tenter de repérer la mairie.

Tout autour de la place, comme à La Restinga, les maisons basses, construites en parpaings, n'ont pas été achevées. Une seule est couverte d'un toit et c'est la mairie. Ma respiration s'accélère, mon pouls bat plus vite. Tel un comédien qui va entrer en scène, dans chaque village de cette île, lorsque je m'approche du cimetière ou de la mairie, j'ai le trac. Cette fois, ma peur sera de courte durée. Sur la porte qui me résiste, un papier a été punaisé.

ABIERTO
EL MIERCOLES
DE 9 HORA
A 12 HORA

Il est quatorze heures et nous sommes jeudi. Il faudra que je trouve le moyen de revenir ici un mercredi matin.

Avec ses petits grains de marc qui, comme des grains de sable, crissent sous les dents, le café léger et amer du petit homme gris m'a rappelé le café à la chicorée qu'enfant je buvais chez mon grand-père.

A la sortie du village, entouré de ses murs blancs, le cimetière, magnifique jardin suspendu au-dessus du vide. Mais, lorsque Luis a stoppé la voiture devant la grille, Fred a pâli. Petit renard roux pris au piège, il semblait complètement affolé et il a balbutié :

– Je n'aime pas les cimetières.

Sans rien dire, Luis et moi avons échangé un regard, puis Luis a redémarré.

De toute manière, je dois revenir. Je pourrai visiter le cimetière plus tard et puis, François, malgré toute la beauté qui nous entoure, je me demande bien ce que tu serais venu faire dans cet endroit perdu. Je n'arrive pas à t'imaginer vivant, ici. Et je refuse encore de t'imaginer mort.

Nous n'irons pas plus loin. Dévote, la piste s'arrête à la porte de l'ermitage. Tout blanc, surmonté d'un toit de lauzes noires, il se dresse, à mille mètres au-dessus de l'océan, sur un promontoire de lave. Sur cette île du bout du monde où les maisons n'ont pas de toit, curieusement, les lieux saints en possèdent un. Dieu aurait-il besoin d'être protégé de la nature

sauvage et inhospitalière que lui-même a créée ?
Quelle foi pouvait soutenir les hommes qui, il y a des
centaines d'années, prenant tous les risques, allant
jusqu'à donner leur vie, ont construit entre le ciel et
la mer, sur une terre si rude, ce délicat hommage à
leur idole ?

Agnostique, refusant toutes les religions, je n'ai
jamais compris ce qui poussait l'humanité à tant de
respect, de dévouement, de soumission à des divi-
nités toutes atteintes de surdité et de cécité à
l'encontre des souffrances humaines.

Pourtant, devant les temples, les pyramides, les
cathédrales, les fresques des grottes, les alignements
de pierres ou même devant de simples autels en
ruine, j'ai toujours eu la sensation de faire partie
d'un tout et, pendant qu'assis au bord du vide, Fred
et Luis admirent le panorama, une fois encore avec
émotion je pousse la porte de la demeure d'un dieu.

L'ombre et la fraîcheur me surprennent. Le béni-
tier est asséché. Pas de tableaux sur les murs blancs,
pas de statues, juste quelques vieux bancs, un autel
sommaire, Jésus sur sa croix et, tout au fond, une
petite chapelle dédiée à sa mère. Je m'en approche.
Quelques cierges reliés entre eux par des toiles d'arai-
gnée semblaient m'attendre mais aucun d'eux ne
brûle et je n'ai rien sur moi pour en allumer un. Je
me contente de murmurer : « Pardon, maman. »

Je ressors dans la lumière.

Sur le chemin du retour, le soleil était moins chaud. Fred et moi, plus détendus, chahutions. Luis, sérieux, conduisait avec autant d'attention qu'à l'aller lorsque, quelques kilomètres après avoir retraversé Binto, sans nous prévenir, il a tout à coup changé de cap. Quittant la piste, il s'est engagé sur une autre qu'aucune pancarte n'indiquait, et que ni Fred ni moi n'avions remarquée. Nous roulions cette fois entre deux murs de roche noire.

– Vous prenez un raccourci ?

– Il n'y a pas de raccourci. Je rallonge notre route pour vous montrer quelque chose.

– Quoi ?

– Une surprise.

Redevenus silencieux, Fred et moi fixions notre seul horizon, le ciel.

Au bout de quelques kilomètres angoissants, au fond de ce goulet, de cette faille, de ce canyon miniature, au bout de ce début de voyage au centre de la terre, que Fred ne semblait guère goûter plus que moi, la surprise était là. La piste, d'un seul coup élargie, débouchait sur un cirque. Nous avions quitté la Terre pour subitement débarquer sur la Lune et découvrir que, finalement, elle était bel et bien habitée.

Le premier signe de vie apparut sous la forme d'un coq perché sur une auge à cochons et de quelques poules qui, tels de vulgaires animaux terriens, picoraient tranquillement sur un tas de fumier. Le deuxième signe était encore plus patent. Un chien, tirant de toutes ses forces sur une longue chaîne le retenant à sa niche, aboyait dans notre direction.

Le troisième signe, une maison accolée au rocher apportait la preuve que les Luniens avaient quelques siècles d'avance sur les habitants de El Hierro puisque leur habitation possédait un toit surmonté d'une cheminée d'où s'échappaient des volutes de fumée.

Après le quatrième signe, aucun doute ne pouvait plus subsister. Certainement attirées par les aboiements du chien, deux petites personnes venaient d'apparaître sur le pas de leur porte. Et, mis à part le fait que ces « gens » faisaient terriblement penser à des sarments de vigne jumeaux, rien ne les différenciait des humains.

Luis, voulant éviter de polluer ce site sans doute encore inviolé, avait arrêté le moteur du 4X4 en bout de piste. M'attendant à devoir affronter les problèmes de l'apesanteur, je descendis de la voiture avec circonspection. Mais, touchant le sol, je constatai avec plaisir que je pouvais me mouvoir sans difficulté.

Tandis que Luis se dirigeait vers le couple, le chien qu'il avait libéré au passage lui faisait fête.

Comme des enfants, dont les parents, tout à leur joie, oublient la présence en arrivant chez de vieux amis, intimidés, nous tenant côte à côte, Fred et moi étions restés sur place.

Après avoir serré l'une après l'autre contre son grand corps les deux frêles créatures, Luis, enfin, nous a invités à approcher.

– Je vous présente mes parents.

J'ai dû répondre en me servant de mon pauvre vocabulaire espagnol à ce qui devait être des souhaits de bienvenue. Mais cette fois, la langue employée me parut encore plus étrangère et c'est en évoluant comme sur un nuage que j'ai pénétré dans la maison.

Une pièce sombre au sol de terre battue, une table, des bancs, un évier de pierre, quelques coffres de bois et, cœur battant, dans une grande cheminée noire de suie, un feu dont les flammes venaient lécher une marmite de fonte pendue à une crémaillère.

La surprise était de taille.

Nous fûmes conviés à prendre place autour de la table sur laquelle un couvert succinct était dressé. Notre arrivée avait dérangé les parents de Luis au milieu de leur repas. Il devait être quatre heures de l'après-midi et, seuls, sans aucun lien avec le reste du monde, intacts, libres, aussi fragiles que résistants, humbles brins de paille face à cette nature grandiose, ces deux petits vieux dînaient et j'avais envie de pleurer.

Pendant que sa mère nous servait des assiettes de soupe fumante, des tranches de pain et des verres de vin aigre, Luis, tout en échangeant avec son père ce que j'interprétais comme des nouvelles de l'île, nous coupait de larges tranches d'un magnifique jambon, fait à la maison.

Le spectacle de la paix et de la tendresse avait rendu à Fred son regard et son sourire d'enfant. Moi, convive déloyale, je n'arrivais pas à prendre part à ce festin offert avec tant de générosité. Mes yeux n'arrêtaient pas de faire le chemin entre Luis et ses parents. Ma sensibilité tentait de comprendre. Mais au fond de moi, mon cerveau de nantie refusant l'évidence, j'étais atterrée.

Luis, l'homme que je commençais à aimer et que mon corps désirait en silence, était né de l'union de ces deux petites personnes. Il avait peut-être même été conçu au centre de ce chaos. Ses premiers pas, il les avait faits dans la cour, devant le tas de fumier. Elevé loin de toute civilisation, où avait-il été à l'école ? Que d'inconnues. Comment un homme et une femme à la peau foncée, aux yeux noirs, aux cheveux drus et raides, au corps trapu et dont les jambes arquées semblaient destinées à résister au vent avaient-ils pu donner naissance à un être que je trouvais si beau ? Luis était grand, élancé. Sa peau, bien que burinée par les embruns, était restée fine. Ses cheveux souples, brillants, étaient bouclés. Ses yeux très bleus.

Les questions se bousculaient dans ma tête. Luis avait-il des frères, des sœurs ? Avait-il été adopté ? Ses parents avaient l'air si vieux. Et pourquoi, alors que, comme Luis venait de nous l'expliquer, ses parents avaient passé leur vie à élever des porcs, lui était-il devenu marin ? Où et avec qui avait-il appris des langues ? Et surtout, jusqu'à quel point pourrais-je entraîner cet homme sur mon terrain ?

J'étais née à Paris. Ma mère était professeur et, avant qu'il ne s'en aille, je vivais auprès d'un père raffiné. J'étais d'origine modeste, mais j'avais fait des études. J'avais lu beaucoup de livres et, comble du ridicule, j'en écrivais. Je fréquentais des librairies, des cafés à la mode. Mes amis, mes amants faisaient partie de l'élite intellectuelle. Je m'appelais Virginia Laurens, j'avais donné des interviews, ma photo était parue dans des revues et j'étais même passée à la télévision. Je ne venais pas de changer de planète. Je venais carrément de changer de système solaire. Et, désormais, j'habitais le néant.

— Virginia, vous n'aimez pas la cuisine de ma mère ?

La voix qui me devenait chaque jour un peu plus familière, la voix qui me donnait la chair de poule, la voix que j'aurais aimé entendre me murmurer des mots d'amour venait de me ramener sur terre.

Mon voyage se compliquait. Est-ce pour m'apprendre à accepter la différence, papa et maman, que vous m'avez entraînée jusqu'ici ?

Luis a engagé Fred comme second à son bord. Et à la perspective de cette expédition, les yeux roux de mon copain se sont emplis d'étoiles. Petit garçon, il devait être ainsi devant ses arbres de Noël. Quels fantômes peut-il bien fuir aujourd'hui ?

Mes deux marins navigueront jusqu'aux côtes marocaines. J'ai cru comprendre que Luis devait livrer ou bien récupérer un gros chargement. Un chargement de quoi, de poissons, de cigarettes ou bien… ? Si elle était toujours de ce monde, ma méchante grand-mère pourrait me susurrer : « Virginia, je crois que ton soi-disant amant trafique encore. » Elle n'aurait nullement tort.

Avant d'embarquer en me serrant la main, Luis m'a officiellement confié son chien. Fred m'a embrassée tendrement. Lui n'avait que son appartement à me laisser en garde.

Restés à quai, le chien jaune et moi avons suivi du regard le voilier qui dans le soir quittait le port. Quel sentiment alors habitait le chien ? Moi, j'avais le cœur serré. Et je devais ressembler à une veuve lorsque je suis allée m'asseoir à la terrasse de mon bistrot préféré.

– Aucun homme au monde ne mérite ces grands yeux tristes. Et deux hommes les méritent encore moins.

– C'est un vieux dicton espagnol ?

– Mais pas du tout, c'est la vérité.

Comme le jour de notre première rencontre, Juan Carlos m'a offert son meilleur vin. Attentif, il avait dû prévoir mon coup de spleen et, pour me consoler, il avait préparé des spaghettis aux clovisses que nous avons dégustés ensemble.

J'adorerais avoir envie de partager Don Juan avec ses belles passantes.

J'étais un peu ivre lorsque je suis rentrée chez moi. Attentionné, le chien jaune m'a raccompagnée jusqu'au bas de mes escaliers, mais il n'est pas monté. Cet animal doit avoir peur du qu'en-dira-t-on.

Sur le palier, les portes des deux appartements étaient restées ouvertes. Dans la lumière bleutée de la nuit, je me suis avancée jusqu'au milieu du salon de Fred. Sa désolation m'a fait mal. J'ai rebroussé chemin et j'ai tiré la porte sur moi. Jusqu'au retour de mon ami, je me contenterai d'une seule aile de notre château.

13

Je compte dans ma tête. Je compte sur mes doigts. Je compte mes pas sur le bord des quelques trottoirs de l'île en évitant de marcher sur les rainures. Cela porte malheur. Je compte les coquillages ramassés le long des plages visitées. Je compte les kilomètres qui défilent au compteur du 4X4. Je compte les jours, les nuits, les heures. Trop d'abandons, trop de départs, trop de défaites, épuisée, je refuse pour un temps, au risque de rater un tout nouveau bonheur, davantage de douleur. Je me dissous. Je me fais oublier.

Fred et Luis sont en mer. A terre, Juan Carlos a de la visite. Des cousins venus de France. Libre comme un chien jaune, j'ai mis mes sentiments en berne. En cachette, je mets ma vie en vacances. Le jour, je me repose sans rien attendre, sans rien chercher. Le soir, je dîne d'un potage en sachet puis je me glisse sous ma couette en espérant des nuits sans rêves. Je profite de ce temps arrêté pour mettre à jour mes vieux livres de comptes.

J'ai trente-cinq ans. Quand elle est morte, maman avait cinquante-neuf ans et toi, papa, où que tu sois aujourd'hui, tu as soixante-dix ans. Tu en avais quarante-huit, maman trente-sept et moi treize, lorsque tu nous a quittées. Depuis, j'ai eu soixante-six amants, si je n'en ai pas oublié. J'ai écrit quatre livres. J'ai eu un chat et zéro enfant. Cela fait quarante-deux jours que j'ai débarqué sur cette île. J'ai rencontré trois hommes, une douce flaque d'eau, une grand-mère, deux sarments de vigne, un chien, quelques autochtones, quelques touristes, et je n'ai fait qu'une seule fois l'amour.

Avant l'île, combien de voyages, d'années d'études, d'appartements, combien d'amis, combien de peine, combien de guerres, pour arriver aux trois cartes postales qui m'ont guidée jusqu'ici ? Papa, combien de vies doivent passer pour qu'enfin une autre puisse commencer ?

Mercredi... En vain, j'essaie de me réveiller. De toutes mes forces, je lutte pour tenter de soulever mes paupières, sans y parvenir. Elles sont si lourdes, si douloureuses. Je rêve que je dors et je sais que le rêve va cesser, pourtant je n'arrive pas à faire surface. Mes yeux scellés s'enfoncent dans ma tête et me font mal. Mercredi... Il fait noir, je me débats. Avec des gestes brusques, mes jambes repoussent ma couette. L'air frais qui entre par la fenêtre ouverte court sur mon corps nu et me délivre. Je sors de ce trop profond sommeil. Mes yeux s'ouvrent enfin. Mercredi ? Le ciel est gris, la chambre est grise. Tous les matins sont gris, tous les matins sont mercredi, même par beau temps, le soleil est en retard sur le jour.

Le jour s'est levé, mais pas encore le soleil.

Tu te rappelles, maman, quand les matins d'école, tu te penchais sur moi en chantonnant : « Virginia, ouvre les yeux, le jour s'est levé. » Paresseuse, espérant gagner quelques minutes, je gémissais : « Mais pas encore le soleil. » Moqueuse, tu éclatais de rire. Joyeuse, tu m'embrassais : « Mais c'est toi mon soleil. »

Quelle responsabilité d'être le soleil de quelqu'un, et comme j'ai dû te décevoir, certains jours, en oubliant de me lever. Je voudrais me rendormir. La peur du rêve de tout à l'heure m'en empêche. Mercredi… Pourquoi mercredi ? C'est le jour où les enfants n'ont pas école. Nous sommes mercredi. Le mercredi, la mairie de Binto est ouverte de neuf heures à midi… et je viens de rêver que je n'arrivais pas à ouvrir les yeux. Cette fois, je suis tout à fait réveillée.

Sans avoir laissé le temps à l'eau de ma douche de se réchauffer, je me lave et j'enfile mes habits de la veille comme un pompier tiré de son sommeil par une alerte au feu. Puis, après m'être cruellement brûlé la langue avec un immonde café instantané, et vérifié que j'emporte bien tous mes papiers, je dévale les escaliers.

Le quai est désert. Sur son tas de vieux cordages, le chien jaune dort encore. C'est le moteur du 4X4 qui le réveille. Etonné, il lève la tête pour me regarder démarrer à la manière d'un gangster.

Sur la route étroite qui serpente entre les champs de lave, comme dans les villages endormis, je roule trop vite. Au-dessus de ma tête, le ciel reste gris. J'ai bien peur que de toute la journée le soleil oublie de se lever. Si mon rêve était prémonitoire, et qu'aujourd'hui enfin je te retrouve, papa, il ne sera pas de la fête.

Parvenue au sommet de l'île, comme à l'accoutumée, je m'arrête. Accroupie derrière un muret, mon jean tire-bouchonné sur les chevilles, les fesses à l'air, en regrettant le temps béni de l'égalité des sexes où les femmes, vêtues de robes longues et de culottes fendues, pouvaient comme les hommes faire pipi debout, des yeux, je cherche une violette ou une simple pâquerette. Et tout à coup, niché dans l'herbe, je découvre un trèfle à quatre feuilles. Mon premier trèfle à quatre feuilles. Les mains tremblantes, je le cueille. Toi, maman, tu en trouvais même sans les chercher. Quand nous marchions dans la campagne, soudain, tu te baissais en disant : « Oh ! un trèfle à quatre feuilles ! » Puis tu me le tendais : « Pour te porter bonheur. »

Entre les pages de tes livres, entre les lettres que je t'avais envoyées, entre les photos de mon enfance, j'ai retrouvé tous ceux que, par superstition, tu avais fait sécher. Et superstitieuse à mon tour, je les ai soigneusement mis à l'abri. T'avaient-ils apporté le bonheur ? J'en doute, mais que sait-on du bonheur des autres ?

Mon talisman glissé entre les pages de mon passeport, cette fois seul maître à bord, j'entame avec une certaine allégresse la descente du versant riant de El Hierro. Les nuages m'accompagnent. Ils n'auront pas raison de ma bonne humeur, malgré leur menace je fanfaronne. Pas plus que les nuages d'ailleurs, les virages ne m'intimident. J'aime conduire. Alors, d'où vient cette légère appréhension, ce malaise diffus qui s'insinue tout au fond de moi, si ce n'est l'idée que tout à l'heure il me faudra quitter cette route pour m'aventurer sur la piste de Binto ?

Binto, le bout du monde et, pourtant, des gens naissent et meurent à Binto. Des milliards de gens vivent au bout du monde, sur des chemins oubliés, tout en haut de sommets inaccessibles, au fond de forêts presque vierges, sur des îles perdues, au sein de déserts sans fin. Ils vivent et ils procréent. Même en bas de leur canyon, les parents de Luis ont eu un fils. Moi, au cœur de ma civilisation urbaine, jusqu'à présent je suis restée stérile. Christophe Colomb en jupon, incapable de faire le point autrement qu'à partir de moi-même, je suis ma boussole, je suis le nord. Comment pourrais-je envisager qu'ailleurs les autres sont chez eux ? Qu'ils ne sont pas loin de tout ? C'est moi qui suis loin d'eux.

Indécrottable conquérante, je ne vais pas jusqu'à imaginer la possibilité de partager les richesses, mais je cherche pour les plus démunis à inventer des mondes meilleurs, à l'image du mien. Je suis nulle.

Je nous vois bien, nous les humains, remontant les Champs-Elysées ou déambulant sur la Cinquième Avenue. Tous assis aux terrasses des cafés de Sydney. Y a-t-il des terrasses à Sydney ? Le matin, disciplinés, nous nous précipiterions dans des transports en commun pour rejoindre nos lieux de travail, nos bureaux, dans des buildings gigantesques et, le soir, pour nous délasser, nous investirions l'empire japonais pour dîner de sushis, en chaussettes, accroupis sur des nattes, dans des maisons de papier. Le samedi, nous prendrions d'assaut de « grandes surfaces » dans lesquelles nous achèterions absolument tout ce que nous serions capables de produire. Et, le dimanche, après avoir dans divers lieux de culte montré notre obédience à nos supérieurs religieux, nous pourrions promener en laisse dans des jardins extraordinaires nos enfants, nos kangourous, nos phoques ou nos éléphants.

Puis chaque année, afin d'échapper au stress de nos vies trépidantes, nous nous entasserions dans des avions, sur des navires, ou alors sur d'interminables autoroutes, nous roulerions pare-chocs contre pare-chocs durant des milliers de kilomètres pour rejoindre tous ensemble les grands espaces que nous aurions aménagés, dans le but de combler le vide de nos loisirs.

— Merde, j'ai loupé la piste !

Je n'ai plus qu'à faire demi-tour.

J'ai retrouvé la petite planche indiquant ma destination. Après tout ce temps, je vais peut-être enfin me rapprocher de toi, papa. Jusqu'à présent, à tout autre, j'ai préféré ce sentiment si rassurant d'avoir été abandonnée, cette mauvaise excuse qui me permettait toutes les dérobades. Délaissée, qu'avais-je à offrir ?

Tu avais fui parce que tu ne voulais plus de moi, tu ne m'aimais plus ou, pis, tu ne m'avais jamais aimée. Je ne t'ai laissé aucune chance, je n'en avais pas les moyens, j'avais tout perdu. Qui aurait pu me faire accepter le partage que tu m'imposais si violemment ? Comment aurais-je pu comprendre que si dans ta vie tu étouffais, ce n'était pas ma faute et que ton besoin de découvrir d'autres horizons n'entraînait pas obligatoirement notre séparation ? J'avais été une petite fille sage et on me punissait injustement. Pour moi, le monde s'arrêtait à ma famille, mon père s'en allait, ma mère pleurait et ma grand-mère disait : « François est parti avec une traînée. » Je n'ai pas trouvé ce mot dans le dictionnaire mais, assez vite, j'ai fait le rapprochement avec « putain ». Comme maman, j'étais douée pour le français.

Larme perdue, une grosse goutte vient de s'écraser sur mon pare-brise. Je lève les yeux, le ciel est noir. A vingt à l'heure, à flanc de montagne, je flirte avec des précipices. Mes roues n'adhèrent pas au sol et la cendre de la piste qui colle à mes pneus fait patiner la voiture. Je n'ai plus tellement envie de fanfaronner.

La pluie s'est mise à tomber. Pas une pluie d'été, pas une pluie d'orage, pas même une pluie tropicale. Une pluie dévastatrice qui emporte tout. Une pluie tourmente. Mes essuie-glaces ne servent plus à rien, une rivière ruisselle devant mes yeux. L'eau martèle si fort la carrosserie que j'ai l'impression de me trouver dans le ventre d'un tambour. Je ne roule plus, je glisse. Je voudrais m'arrêter mais dès que j'effleure le frein, le 4X4 dérape. Sur ma gauche, je distingue la montagne, sur ma droite, le vide. Devant moi, je ne vois rien et, tout à coup, j'aperçois une lueur, une trouée, comme si la montagne s'entrouvrait. Je sais où je suis. Le départ de la piste qui mène à la ferme des parents de Luis. Instinctivement, mes mains font les gestes. Je tourne le volant, les roues obéissent. Je m'engage entre les murs de lave. L'arrière de la voiture, comme un cheval, se cabre, bondit, puis le moteur cale.

Me voilà à la croisée de mes chemins, entre le village où me menait mon rêve et ta maison, Luis. Je pourrais essayer de faire redémarrer le moteur pour gagner le cirque au cœur de la roche. La piste doit être moins dangereuse que celle qui conduit à Binto, mais peut-être que par temps de pluie elle se transforme en torrent. Et puis, même si je parvenais jusqu'à eux et que par miracle nous nous mettions à parler une langue commune, que dirais-je à tes parents ?

— Bonjour, excusez-moi, je passais par là, il pleut et je cherche mon père. J'étais sans nouvelles de lui depuis vingt-deux ans lorsque trois cartes postales, dans le sac à main d'une morte, m'ont laissé supposer qu'il avait séjourné sur votre île et que, peut-être, il y vit encore. J'ai donc décidé de faire le voyage pour tenter de le retrouver. Le soir de mon arrivée, à La Restinga, j'ai rencontré votre fils. Au bas de l'escalier qui monte aux chambres du café-restaurant-hôtel-moderne, il m'a prise debout contre un mur lépreux. L'un après l'autre, nous avons joui. Depuis, implicitement frappés d'amnésie, nous nous frôlons sans nous toucher.

Tes parents seraient surpris, Luis, j'en ai peur.

107

Comme si cela était encore possible, la pluie redouble. Transformée en sous-marin, la voiture semble maintenant reposer sur les hauts-fonds d'une mer agitée. D'un instant à l'autre, je m'attends à voir des poissons. Pour passer le temps, je me regarde dans le rétroviseur. Je fixe mon image. Ton image. Je te ressemble, François. Longtemps, j'ai cru que j'avais oublié ton visage. De toi, il ne me restait que des gestes, des expressions, des formes, des couleurs. C'était comme si je t'avais enfermé dans un kaléidoscope. Puis un jour, sûrement parce que j'avais suffisamment vieilli, en me croisant dans un miroir, je t'ai vu. Tu étais à nouveau là, tout entier.

A présent que c'est toi qui as vieilli, que va-t-il rester de notre ressemblance ? Tes traits se sont-ils fanés ? Tes yeux ont-ils pâli ? Tes cheveux ont-ils blanchi ?

S'il te plaît, papa, fais-moi signe ou je vais me noyer.

14

— Très bien ! Demain, nous irons faire des courses.

Le verdict vient de tomber. Quelques heures à peine après son retour, Fred a ouvert mon frigidaire et son jugement est sans appel. Coupable d'incapacité à vivre seule, à m'entretenir et à me nourrir convenablement. Dorénavant, puisque l'on ne peut me faire confiance, il se chargera de l'intendance.

Dorénavant, mais peut-être pas pour toujours. J'adore que Fred soit si jeune. J'adore passer la soirée avec lui.

Nous avons réouvert les portes des deux appartements. Un point pour moi : il me restait tout de même une bouteille de vin. J'ai mis tout bas les tangos de Julio. En fouillant les fonds de placard, mon copain a trouvé de quoi nous confectionner un pique-nique : des sardines à l'huile, des biscottes sans sel, quelques olives, un demi-paquet de petits-beurre ramollis et un fond de pot de confiture.

Pendant que Fred disposait son butin de chaque côté du lit, j'ai ouvert en grand la fenêtre qui donne sur la mer puis, pour ne pas avoir froid, nous nous sommes enroulés tous les deux dans la couette. Au diable les miettes. Nous trinquons. J'ai hâte de l'entendre me raconter ses aventures. Moi, je ne lui parlerai pas de mon escapade vers Binto. Je ne vais quand même pas flatter à ce point son ego de jeune macho.

– Est-ce que ce soir je peux rester dormir ?

Cela devait faire des heures que Fred me contait les ports marocains, le commerce, le troc, des cigarettes contre des tapis, des dattes et du sel contre des médicaments, des bijoux berbères contre des fournitures de l'armée – quelle armée ? –, la pêche, les gens, une tempête, des escales en Mauritanie, des repas pris sous la tente, des femmes voilées, des hommes bleus, des enfants bruns qui s'exprimaient en plusieurs langues. L'aventure…

Emerveillé, généreux, il m'offrait son voyage. Son retour était une fête. Avec son accent allemand, il cherchait les mots d'un difficile vocabulaire français pour mieux partager avec moi son plaisir. Sa tendresse et son enthousiasme me redonnaient vie. Pourtant, sa dernière phrase me prit un peu de court. Jusqu'alors, quand un homme m'adressait ce genre de proposition, j'y étais plus ou moins préparée. Prête à la parade, au refus ou à la reddition. Mais cette fois, désorientée, ébahie, flattée, inquiète de nos relations futures, allant jusqu'à mêler Luis à cette affaire et sachant pertinemment qu'en pareil cas non veut dire peut-être, que peut-être veut dire oui, et que oui…, je cherchai désespérément ma réponse. Un petit sifflement me fit tourner la tête. Fred dormait. Sur l'oreiller, ses cheveux roux encore plaqués par le sel, ses joues brûlées par le soleil, sa respiration légèrement saccadée le faisaient ressembler à un enfant terrassé par la fièvre qui vient enfin de trouver le sommeil.

A pas de loup, je débarrassai les reliefs de notre repas puis, après une toilette succincte, je m'allongeai auprès de ce compagnon inoffensif. Un peu déçue, un peu soulagée, je m'apprêtai à passer une nuit de veille.

Pas plus que le chien jaune qui dormait à même le sol, dans une tache de soleil, Juan Carlos et moi n'avions, quelques heures plus tôt, remarqué l'entrée du bateau de Luis dans le port.

Comme presque chaque jour, l'heure du thé nous trouvait réunis. Ni l'un ni l'autre n'appréciant l'eau chaude, même teintée, c'est un verre de vin blanc à la main que nous vîmes débarquer nos navigateurs.

Venant à notre rencontre, tous deux avançaient sur le quai, superbes. Luis était juste un peu plus grand et un peu plus buriné que dans mon souvenir. Fred, lui, semblait n'être plus qu'une tache de rousseur. A mesure qu'ils se rapprochaient, une douce chaleur m'envahissait et je ne pus contrôler le radieux sourire de bienvenue que je leur adressai.

Comme dans la joie des retrouvailles tout le monde s'enlaçait, Luis m'a serrée dans ses bras. Et là, il m'a bien fallu admettre que si depuis plusieurs jours et surtout depuis plusieurs nuits, je m'étais persuadée que mon désir pour lui s'était éteint, je m'étais trompée. Mon désir était intact, et c'était bien. C'est si rare, le désir.

Juan Carlos était allé chercher des verres et la bouteille de vin que nous venions d'entamer. A nouveau réunis tous les quatre, notre bonne humeur devait être communicative car le chien jaune, oubliant sa réserve naturelle, sauta sur les genoux de son maître. Il y a des moments qui devraient durer. Hélas, Luis était pressé. Il a récupéré sa moto. Il était attendu à l'aéroport pour l'arrivée de l'avion du soir. Cet homme est une énigme.

Pour moi, tous les hommes sont des énigmes. Que sais-je après tout de cet ange qui s'est endormi auprès de moi ? Et surtout, comment ai-je bien pu me débrouiller tout à l'heure pour le laisser s'installer dans mon lit alors que, depuis des semaines, je rêve de faire l'amour avec son compagnon de voyage ?

J'ai toujours été idiote avec les mecs.

J'ai laissé s'envoler de merveilleux amants, pour les voir épouser de futures bobonnes. Ebaubie, j'ai admiré le travail de certaines « Cruella », qui, l'œil charbonneux, les lèvres peintes, la minijupe au ras du string enlevaient dans leurs serres rouges les plus doux de mes hommes-agneaux pour leur arracher, non pas le cœur, mais le portefeuille.

Je ne suis pourtant pas sans défense. Je suis blonde. J'ai même les yeux bleus et, quoique mince, j'ai des seins et un beau cul. Ce sont des hommes qui me l'ont dit.

Je plais, mais je ne comprends rien au jeu de l'amour et du hasard. A chaque histoire, je me fais coiffer au poteau. Pour la baise, je suis plutôt partante, j'aime ça. Mais pour les relations longue durée, qui pourraient en plus m'apporter quelques bénéfices, je suis une catastrophe. Je dois avoir un problème.

Tu n'aurais jamais dû partir, François.

Enfant, je n'étais pas idiote. J'ai cru bien plus longtemps au Père Noël qu'à la petite graine que le papa dépose dans le ventre de la maman. Je n'ai jamais pensé que les bébés se faisaient par l'oreille et si, un temps, j'ai réinventé la césarienne en imaginant qu'ils pouvaient naître par le nombril, très vite, j'ai rétabli la vérité en assistant à la naissance d'une portée de petits chats.

J'étais une petite fille en avance sur les choses de l'amour, aidée en cela il est vrai par la minceur des cloisons de notre logement, rue de Charenton. Si dans la vie ma mère était du genre réservé, pendant l'amour, elle était aussi expressive que participante.

Eh bien, ma précocité ne m'a guère servi ! Après vingt-deux ans de sexualité active, je ne comprends toujours rien au sexe. Dès que je désire plus que tout un homme, je le perds et dès que c'est l'homme qui me désire plus que tout, il me perd. Je pourrais rendre un psychiatre heureux.

Je pourrais aussi écrire un roman d'amour, mais pour l'instant, c'est assez mal parti. Hier, avant le retour de mes aventuriers, pleine d'énergie et de courage, j'ai dépoussiéré mon petit tas de feuilles blanches puis je me suis assise à mon bureau. Au bout de deux heures, j'avais réussi à dessiner à la manière d'un enfant de quatre ans des maisons, beaucoup de bateaux – tiens ! –, des soleils, des arbres et un chat – tiens ! Peu fière de mon œuvre d'art, j'ai fait le compte des pièces de monnaie espagnoles en ma possession et je me suis dirigée vers la cabine téléphonique installée tout en haut du village. Je voulais parler à mon agent littéraire sans témoin. Après quelques essais infructueux, et l'interférence de milliers de poissons sur la ligne, c'est surtout lui qui m'a causé.

Sans ménagement aucun, cet homme d'habitude poli, courtois jusqu'à en être obséquieux, m'a hurlé dans l'oreille pour me vanter les mérites des téléphones portables. Puis, sans changer de ton, il m'a donné une information dont j'avais déjà eu connaissance : à savoir que j'étais partie depuis plus de huit semaines pour effectuer des repérages afin d'écrire un livre...

Se rappelant peut-être que nous étions amis, il s'est radouci pour me faire part de son inquiétude devant mon implacable et inexplicable silence. Après quoi, il m'a avoué qu'il avait fini par se rendre à l'évidence. Si j'avais été kidnappée, violée, dévorée par des cannibales, si j'avais été victime d'un terrible accident de la circulation, si j'avais péri en mer ou si j'avais disparu dans le crash d'un avion, il en aurait été informé par la télévision. Il avait donc préféré m'oublier purement et simplement.

Mon éditeur lui avait rappelé mon existence en le convoquant d'urgence à son bureau. Et là, cet homme sans éducation, brandissant devant lui un immense atlas lui avait désigné du doigt le petit point noir représentant El Hierro, au cœur de l'océan Atlantique.

Deux mois pour étudier la topographie et les coutumes d'un continent lilliputien ! « Je tremble, s'était écrié l'éditeur, à la pensée que Virginia Laurens aurait pu avoir l'idée d'écrire un roman dont l'intrigue se serait déroulée en Australie, en Chine ou pourquoi pas sur la Lune. Pour l'heure, en attendant de ses nouvelles, et surtout des preuves, de ses écrits, nous lui coupons les vivres. »

Au bout du fil, j'ai senti que mon agent était déprimé. Plutôt gentil de nature, il a oublié de me demander comment j'allais. Moi, comme je n'avais rien à avancer pour ma défense, je n'ai rien trouvé à dire. Alors, murmurant l'un et l'autre : « On se rappelle », nous avons raccroché.

Lui, il va avoir du mal à me joindre. Moi, je ne sais vraiment pas quand je le rappellerai. Pour l'instant, j'ai bien d'autres chats à fouetter. Ce qui est sûr, c'est que je vais devoir changer mon train de vie. Mes économies suffiront à m'entretenir quelque temps sur cette île où rien ne pousse à la consommation mais, par contre, je vais devoir me séparer du 4X4 dare-dare.

Totalement réveillée par la réminiscence de ce coup de téléphone angoissant, j'allume doucement la lumière. Il est quatre heures du matin. A mes côtés, mon tendre ami sommeille paisiblement. Bien obligée, ma libido sommeille aussi. Je me lève pour boire un verre d'eau. Je me recouche. J'étouffe dans

116

le T-shirt XXL que j'ai cru bon d'enfiler pour ménager la pudeur de Fred. Je ne peux dormir que toute nue et, visiblement, ce soir, cela n'aurait pas beaucoup dérangé mon partenaire.

Je ne dors pas, je ne dors pas, je ne dors pas, mais j'enrage ! Je ne vais tout de même pas recompter mes amants. La dernière fois que je l'ai fait, ils étaient soixante-six. En écoutant la douce respiration du jeune homme qui partage ma couche, je suis certaine que ce n'est pas cette nuit que leur nombre augmentera. De toute façon, cela aurait fait soixante-sept, et je n'aime pas ce chiffre ! Il a le mauvais œil. Il ne peut servir qu'à un amant d'un soir, il n'aurait pas fait l'affaire pour Fred, que j'aime infiniment. Ce qui sera amusant, c'est quand j'arriverai à soixante-neuf, mais tant que je resterai sur cet îlot perdu, je risque de manquer de matière première, pour augmenter mon score.

Pour qu'enfin à mon tour je puisse trouver le sommeil, je sens qu'il va me falloir recourir au vieux fantasme dit de « l'abandonnite ».

Il pleut. Je marche sur une route déserte en compagnie de deux ou trois autres femmes. Avec nous, il y a deux ou trois enfants, dont l'un n'est encore qu'un nourrisson. Aucun des enfants n'est le mien, tout ce que nous possédons se trouve dans des landaus, que nous poussons. Dans l'un des landaus il y a le bébé. Dans les autres, sont répartis nos vêtements de rechange, du matériel pour nous préserver du froid, la nuit, et un peu de nourriture de base. Cela ressemble fort à un exode, mais pourtant, tous nous paraissons joyeux et libres.

En principe, je m'endors au début ou à la moitié de ce fantasme. Eh bien, maintenant, j'en connais la fin !

Il fait nuit. A l'abri de la pluie, entre les anfractuosités d'un énorme rocher, nous nous tenons serrés les uns contre les autres dans de vieux sacs de couchage. Les enfants dorment. Les femmes veillent. Il n'y a pas d'hommes.

Alors là, c'est vraiment, une nuit de merde ! Tu vois, François, jusqu'où me mène ta désertion. C'est depuis qu'il t'a poussé des ailes que je suis insomniaque. Qu'est-ce qui m'a pris en plus de venir à ta rencontre ? Je suis insomniaque et masochiste. Je me dégoûte.

Si tu as complètement refait ta vie, j'ai peut-être une demi-sœur qui te ressemble, et donc qui me ressemble. Ou un frère. J'ai toujours pensé que tu aurais aimé avoir un fils. Ou pourquoi pas des jumeaux. Tu ne m'as quand même pas fait ça ? A l'idée de te découvrir entouré d'une nouvelle famille, il me vient des envies de meurtre.

Si tu avais eu d'autres enfants, maman me l'aurait dit… Peut-être pas…

Tout de même, il y a les cartes postales. Papa, si tu espérais la venue de ma mère, si tu l'attendais, c'est qu'elle te manquait. Et si tu l'aimais encore, il doit à moi aussi me rester une chance.

Le jour pointait lorsque je me suis assoupie.

Une merveilleuse odeur de café m'a tirée de ma torpeur. Quand j'ai ouvert les yeux, le soleil était déjà haut dans le ciel. Fred, un plateau à la main, se tenait sur le seuil de ma chambre. Ses cheveux fraîchement lavés bouclaient. Il avait passé des habits propres et il avait une mine magnifique.

– Bonjour, belle endormie. Votre café est servi.

Nous nous sommes souri. Il en faut de si peu pour que la vie paraisse valoir le coup.

15

Je possède un pick-up et je ne sais pas pourquoi, mais ce nouveau moyen de locomotion me comble d'aise. Du plus loin que je me souvienne, le seul cadeau qui m'ait fait cet effet, c'est le vélo que tu m'avais offert pour mes douze ans, papa.

A l'époque, appuyant de toutes mes forces sur les pédales de ma première vraie bicyclette, ma jupe en vichy bleu et blanc prenant le vent comme une voile, je m'étais senti des ailes. Aujourd'hui, au volant de mon vieux demi-camion cabossé, étrangement, ce sont plutôt des racines qu'il me pousse et, pour accueillir cette sensation toute neuve, je me suis entièrement relookée. D'abord, j'ai commencé par emprunter à Fred une grande salopette, une chemise à carreaux et son blouson d'aviateur. Puis, à la boutique de mode de Valverde, je me suis acheté deux blouses fleuries, un gilet tricoté à la main et une paire de bottes en caoutchouc. J'ai tout à fait conscience que, s'ils pouvaient me voir, mes ex-amants, mon éditeur, mon agent littéraire, d'ailleurs peut-être « ex » eux aussi, penseraient que je fais terriblement fermière corrézienne. Moi, je m'imagine plutôt dans le rôle d'une pionnière du Montana, du Connecticut ou de l'Ohio, peu importe. Par contre, ce qui me trouble vraiment, c'est que pour la première fois de ma vie, je me sens de quelque part.

Si j'avais atteint le but de mon voyage, François, si nous étions réunis, si nous avions fait la paix, je comprendrais mieux que les blessures peu à peu se referment et que la colère s'éloigne. Je m'expliquerais mieux ce sentiment d'appartenance. Mais maman n'est plus là et toi tu es toujours absent. Alors, pourquoi tandis que ta place reste vide et que mon exil semble ne servir à rien, au fil des jours, les murs si patiemment dressés pour protéger ma solitude craquellent et se fissurent-ils ? Est-ce l'air marin ? Est-ce moi qui change ?

Ce qui est sûr, papa, c'est qu'à partir du moment où j'ai accepté après tant de temps de passer la mer pour tenter de te rejoindre, bien que tu joues les Arlésiennes, moi, inexplicablement, je rencontre des nounous, des hommes-pères. OK, je t'accorde qu'avec Luis, le premier soir, ça a été un peu incestueux, mais juste une fois. Dès le lendemain, Juan Carlos m'a prise en charge. Il m'a accueillie, il m'a aidée à me loger, à m'installer, à m'intégrer et, depuis lors, il me fait rire. Il me prépare des surprises, il guette mes sautes d'humeur et s'y adapte. Comme s'il m'aimait pour moi, sans rien exiger en échange. Aucun homme ne m'a habituée à cela. Puis Fred est apparu et, malgré sa jeunesse et sa vulnérabilité, il est génial. Il prend soin de moi, il me nourrit, il m'écoute, il me console sans jamais me demander si je vais mal. Il est présent, il sait, il comprend, il lui suffit d'un regard pour me jauger sans me juger. Dans le grand espace à peu près nu que lui et moi partageons, il y a des soirs où, à nous deux, nous formons presque une famille. Après le dîner, Fred me raconte des histoires puis il brosse longuement mes cheveux, m'envoie me laver les dents et me borde avant d'aller se glisser dans son sac de couchage.

Ces nuits-là, lorsque le sommeil me gagne, j'ai l'impression qu'enfin tu es là, et que seule maman me manque.

Jusqu'à Luis qui se substitue à toi, François. C'est lui qui m'a proposé son vieux pick-up.

Alors que Fred, Juan Carlos et moi débattions de mes nouvelles difficultés financières, de la nécessité de me séparer du 4X4 et du réel besoin dans ce lieu perdu d'avoir un véhicule à soi, Luis, tel Zorro, a débarqué. Fred avait déjà offert de partager avec moi l'achat d'une voiture d'occasion. Juan Carlos avait déjà promis de nous la racheter un bon prix lorsque nous quitterions l'île. Luis a simplement dit, lui, qu'il pouvait me prêter le vieux camion que ses parents utilisaient autrefois pour leur élevage de porcs. Et là, j'ai senti que mes deux autres pères adoptifs étaient un peu jaloux.

Pour la dernière fois, le 4X4 et moi avons fait la route à l'envers. Luis me suivait sur sa moto. Arrivée au sommet, je n'ai pas osé m'arrêter pour sacrifier à mon petit rituel. Décidément, Luis m'intimide. A l'aéroport de Valverde, c'est lui qui a expliqué à ma copine polyglotte du premier jour que je n'avais plus besoin d'une voiture de location puisque, désormais, il me prêtait la sienne. Tous deux s'exprimant en espagnol, je présume qu'il lui disait cela, mais aux coups d'œil amusés que la petite dame toujours aussi délicieuse me lançait, je crois qu'elle interprétait les mots à sa façon. Et à la fin, quand nous nous sommes saluées, elle m'a serré la main très fort, comme pour me féliciter. Elle devait penser que pour une muette, je m'en sortais plutôt bien.

C'est à l'arrière de la moto de Luis que j'ai fait le chemin du retour. Sous nos deux poids additionnés, la machine peinait, nous laissant le temps d'admirer le paysage. A l'entrée de Valverde, l'âne pelé de mon arrivée broutait dans son fossé et j'ai eu envie de lui crier : « Merci. » En croupe, derrière mon beau cavalier, passant devant les boutiques qu'à présent je fréquente, un sentiment de fierté m'animait et j'aurais voulu qu'Amelia puisse me voir. A la sortie de la ville, en longeant le mur blanc du cimetière, j'ai murmuré : « Francesca Gomez... » Nous avons entamé la montée vers le sommet. Il faisait si beau, le ciel était si clair que tous les deux virages, découvrant l'océan, nous pouvions distinguer au loin les autres îles. « Les roses flottantes de l'archipel des Canaries ».

Avant d'entreprendre la descente du versant riant de El Hierro, Luis a stoppé sa moto essoufflée. Sous le regard indifférent des vaches, nous nous sommes assis côte à côte sur un muret. Machinalement, j'ai cueilli une pâquerette et Luis a dit :

– Il m'aime, un peu, beaucoup, passionnément...

Il n'est pas allé jusqu'à : « à la folie ». Il n'est pas allé non plus jusqu'à « pas du tout ». Je lui ai souri.

Comment se fait-il qu'en quelques semaines j'ai réappris à sourire aux hommes ? Que l'air, le vent caressent à nouveau mon visage, que le soleil me brûle, que la pluie me mouille ? Que je laisse mes larmes couler ? Comment se fait-il que les nœuds qui m'étreignaient petit à petit se dénouent et que des bouffées de tendresse m'envahissent sans raison ? Comment se fait-il que je desserre mes poings fermés ? Que j'accepte d'être simplement triste en osant aspirer au bonheur ? Quelle présence en ces lieux flotte autour de moi ?

Reposés, nous sommes repartis. Après quelques kilomètres, Luis a bifurqué vers Binto. Entre roches et ravins, la moto s'est mise à sauter sur le sol inégal de la piste. Secouée, malhonnête et ravie, j'en ai profité pour m'accrocher à mon chauffeur, me serrant contre son dos large et respirant son odeur. Puis, lorsque nous avons à nouveau changé de direction pour nous enfoncer dans le goulet étroit entre les murs de lave, je me suis blottie un peu plus fort contre lui. Quand enfin nous avons débouché dans la cour de la ferme des parents de Luis, cette fois, le voyage m'avait paru court.

Au cœur de ce désert, les deux petits vieux avaient dû nous entendre de loin, ils nous attendaient sur le pas de leur porte. La mère de Luis m'a embrassée.

A l'abri dans une sorte de grotte creusée dans le rocher, protégé par une bâche, le pick-up, lui, paraissait m'avoir attendue depuis l'invention de la roue. Mais lorsque Luis a mis le contact, le moteur a immédiatement ronronné comme un gros chat. La peinture beige de la carrosserie a bien reçu quelques coups de griffes mais la cabine est impeccable et l'arrière du camion ne garde aucune trace du transport des cochons.

Je n'ai pas pu cacher mon plaisir. Polie, pourtant, je me suis tout de même inquiétée du fait de voler à deux vieilles personnes leur moyen de transport. Luis m'a rassurée, m'expliquant que ses parents ne se servaient plus du camion depuis longtemps. Tous deux préféraient se déplacer à pied, empruntant des chemins de montagne en compagnie d'une mule qui leur servait de porteur.

J'ai dit :

— Mais ils sont loin de tout !

Luis a traduit. Son père a souri. Puis, tapotant l'aile de son camion, il m'a répondu :

— *Con esto uno esta lejos de todo.*

Tapotant à son tour le camion, Luis a traduit :

— Lui, il pense que c'est surtout avec un camion qu'on est loin de tout.

Tous les quatre nous avons ri.

Sur sa moto, Luis m'a ouvert la route et, comme il n'était pas question que je perde la face au volant, je l'ai suivi comme une grande.

La nuit tombait lorsque l'un derrière l'autre nous nous sommes garés devant le bistrot du port. Luis, Fred et Juan Carlos m'ont tendu la main pour m'aider à sauter de mon habitacle, et alors la reine n'était pas ma cousine.

Tu vois, papa, à te chercher, j'ai déjà gagné un pick-up et trois pères. Il serait temps que tu montres le bout de ton nez.

16

Il fait mauvais temps. Ça a commencé par une senteur de pluie. Il allait pleuvoir. Il ne pleuvait pas encore, mais tout paraissait plus présent, même les anciens chagrins. Puis Fred a reçu un paquet provenant d'Allemagne. Le facteur l'avait déposé par terre dans notre hall. En le ramassant, comme il avait été un peu déchiré, j'ai pu voir qu'il s'agissait de plusieurs revues. Quand je lui ai tendu le paquet, Fred a eu l'air gêné, nous n'avions pas pris notre petit déjeuner, pourtant il est entré chez lui et a fermé sa porte, me laissant sur notre palier commun, mon pain frais à la main.

Depuis quelques jours, Fred est pâle et préoccupé. Même de conduire mon pick-up sur nos routes de mer et de montagne ne l'amuse pas. Sa tendresse est triste, et sa tristesse est contagieuse. Nous sommes donc tous touchés. Avec le peu d'anticorps que je produis contre la peine, je suis tombée la première. Luis a fui. Juan Carlos passe des fados et le chien jaune, qui s'était pourtant réapproprié le camion de son maître et qui m'accompagnait dans tous mes déplacements, m'a larguée pour une chienne en chaleur.

Espérant y trouver un peu de réconfort, je suis allée plusieurs fois, seule, traîner ma mélancolie dans des cimetières. Lisant sur les tombes comme on lit dans les carnets mondains des noms et des dates, j'ai essayé de reconstruire des bribes d'histoires, mais le cœur n'y était pas. Sous la menace de la pluie annoncée, le fragile équilibre de nos faiblesses assemblées s'est rompu. Et dans ce petit paradis où règne un éternel printemps, mes amis et moi vivons à nouveau en hiver.

Et cela fait maintenant des heures que Fred s'est enfermé avec ses journaux. Je m'inquiète. C'est idiot, si ce sont des revues porno, il est peut-être simplement en train de prendre son pied. Je n'arrive pas à imaginer Fred prenant son pied. Ça aussi, c'est idiot. Qui ai-je bien pu déjà imaginer prendre son pied ? Mes partenaires ? Même aux premières loges, difficile de se faire une opinion. On est misérable en amour. On n'a que soi pour repère. Et, quand la fête est finie, on se rappelle presque rien.

Que me reste-t-il de mes passions ? Même des plus belles, des plus fortes, des plus pures ? Quelques images fugaces, un regard, un signe, un son, la sensation d'un temps immobile. Une palpitation qui rend l'air plus épais. Une brûlure qui me transperce… Pas plus.

Que deviennent le goût, l'odeur des salives mélangées, du sperme, du foutre, de la sueur ? Comment se rappeler la fragrance de la peau de l'amant, sa douceur, sa rugosité ? Comment sentir encore ses cheveux sous les doigts et sa barbe qui pique ?

Après coup – et c'est bien le mot –, les cris, les râles, les rires et les larmes mêlés, les orgasmes mêmes s'effacent. L'autre redevient étranger. Jusqu'au souvenir des sexes pourtant tous si différents qui semble s'envoler. Est-ce que je reconnaîtrais, bandantes ou au repos, les queues que j'ai aimées ? Décidément, le plus durable en amour, c'est la douleur du non-amour. Et encore… Même cela ne tient pas la route.

L'oubli, au moins, entre toi et moi, maman, cela ne risque pas d'arriver. Il ne m'a fallu que quelques mois pour savoir que l'amour de toi, le besoin de toi et le manque de toi, que je ressens, seront indestructibles. Mais de nos vies communes, des milliers de gestes que tu as accomplis pour que simplement je devienne moi, que demeurera-t-il ? Des fragments, des éclairs dans la tête ? Des robes que tu me cousais, des couleurs ? Des pulls que tu me tricotais, un bruit d'aiguilles qui s'entrechoquent ? Ou, aperçue par-dessus un livre, une pelote de laine devenant légère et transparente au fur et à mesure qu'elle se dévidait ?

Des desserts que tu me préparais en cachette, seulement des noms ?

Bien sûr, il restera la poupée achetée d'occasion que tu avais repomponnée et que je n'ai pas voulu adopter. Le petit piano bleu sur lequel je jouais *Au clair de la lune*. Et aussi, des instants partagés. Deux tranches de jambon posées sur leur papier d'emballage que nous mangions avec nos doigts un soir où, les yeux brillants et le nez rouge, tu n'avais pas eu le courage de mettre le couvert. Des séances de cinéma, avec ou sans esquimaux. Tes mains essuyant le sang sur mes talons blessés par des chaussures neuves et tes regards désemparés que je n'étais pas censée croiser. Tout cela maintenant semble froid, mort et figé, comme ton visage sur le papier glacé des photos.

Toi à vingt ans, des marguerites dans tes cheveux sombres. A trente ans, le buste moulé dans un chemisier de soie rayée. Debout dans un jardin en hiver. Toi vieillie. Comment est-ce possible ? C'était juste hier, j'avais six ans et nous allions au cirque. Il faisait très beau. Je portais une robe jaune avec des smocks. Nous courions en descendant les marches du métro, quand une sensation m'a fait m'arrêter net. Ma main a lâché la tienne. Dans ta course, tu as continué sans moi, puis tu t'es retournée. Tu as dit :

– Virginia, dépêche-toi, on va être en retard !

Plantée deux marches au-dessus de toi, mes jambes serrées très fort l'une contre l'autre, je ne pouvais plus bouger, plus parler. Tu es remontée en souriant.

– Tu as mal ?

J'ai secoué la tête pour dire non. J'ai passé mes bras autour de ton cou et je t'ai murmuré à l'oreille :

– J'ai oublié de mettre ma culotte…

J'entends encore ton rire.

– On va arranger ça.

Tu as repris ma main, m'entraînant vers l'ombre d'un couloir. Tu as fouillé dans ton sac et tu en as sorti une épingle de nourrice. Tu en gardais toujours sur toi, « en cas de malheur », disais-tu.

Tu t'es agenouillée devant moi et, à l'aide de l'épingle, tu as attaché ensemble les pans de mon jupon.

– Voilà, une culotte de grand-mère.

C'est curieux, cette journée est gravée en moi. Je me rappelle tout. Les clowns, les trapézistes, un chien de cirque, des acrobates, des chevaux blancs, l'odeur des fauves dans la ménagerie que nous avons visitée à l'entracte, la barbe à papa rose, les chaises de bois jaunes, l'orchestre au-dessus du rideau rouge, et surtout, surtout, le frottement de mon jupon empesé entre mes jambes. Nous n'avons jamais reparlé de cet incident. Tu avais dû l'oublier. C'est peut-être à cause de ce jour que je ne porte pas souvent de culotte.

Il était tard quand Fred a ouvert sa porte. La journée était passée comme elle avait pu, maussade. La pluie, enfin, s'était mise à tomber, cessant d'être une menace, elle était maintenant présente et son bruit de pluie d'été laissait présager le retour du beau temps. Nous allions vers un mieux.

Avec ses yeux roux rapetissés et rougis par trop de lectures, Fred faisait penser à une taupe ou à un écureuil mité. Mais il semblait plus calme et moins angoissé que les jours précédents. Gentil, il s'est excusé pour sa rudesse du matin. Heureuse de le retrouver, je lui avais déjà pardonné.

Affamés, nous nous sommes précipités au bistrot du port. Cherchant à se mettre au sec, des touristes-marins nous y avaient précédés. Juan Carlos, un peu débordé, leur servait à boire tout en préparant une soupe de poisson dont le fumet se répandait. Notre arrivée a semblé le soulager. Fred est passé derrière le comptoir et moi, n'ayant pas envie de me sentir étrangère et inutile, j'ai suivi Don Juan dans sa cuisine. Sous ses ordres, j'ai réussi la première mayonnaise de ma vie. Au bar, la fête avait bien commencé. Quelqu'un devait jouer les DJ et je ne sais pas depuis combien de temps, tout en frottant des croûtons avec de l'ail, je me tortillais au rythme de « Un-dos-tres » quand j'ai senti un regard peser sur moi. Sur le pas de la porte de la cuisine, chargé d'un grand plat de langoustines, Juan Carlos, amusé, m'observait.

– Bravo, Virginia, vous êtes super ! Incroyable, les progrès que vous avez faits depuis que vous êtes ici. Vous aviez vraiment besoin de vacances.

Cueillie au milieu d'une figure pas facile à exécuter, les jambes écartées, les bras en l'air, un croûton dans une main, une gousse d'ail dans l'autre, je n'ai pas eu le temps de réagir avant que Juan Carlos ne disparaisse. J'étais toujours bouche bée lorsque, un instant plus tard, il a réapparu pour me demander :

– Ça ne vous dérange pas de jeter un œil sur la soupe pendant que je commence à nourrir les fauves ?

– Heu… non… oui…

Juan Carlos n'avait pas attendu ma réponse et cela valait mieux pour lui. J'aurais été capable de le tuer.

En vacances, moi ? D'où tient-il cela ?

Je suis en deuil. A la recherche de la seule famille qui me reste. Je passe mes journées à consulter des registres poussiéreux et à lire des inscriptions sur des tombes, alors qu'en fait je suis censée écrire un livre.

En vacances ? Qui aurait l'idée de prendre des vacances à El Hierro ? Des touristes, bien sûr, il y en a un peu. Certains arrivent par la mer, mouillant à l'abri des ports, le temps de se ravitailler. D'autres, plus rares, tombent du ciel par l'avion du matin, pour repartir par celui du soir. D'autres, plus pauvres, débarquent du ferry en groupe pour faire le tour de l'île en car. Et comme partout, il y a des babas-sac-à-dos qui viennent s'adonner à la marche forcée. Mais ce qui est certain, c'est que personne ne passe plus de trois jours dans ce paradis.

En vacances ? Ma parole, Juan Carlos se prend pour un GO du Club Méditerranée ! Mais si j'étais au Club, je le saurais ! Je baiserais, au moins, au lieu d'être là, toute seule, à suivre un stage d'art culinaire dans la cuisine d'un bistrot miteux.

– Merde ! La soupe déborde ! Aïe ! En plus je me brûle !

En tombant sur le sol, le couvercle de l'énorme marmite a fait un tel boucan que je n'ai pas entendu Luis entrer dans la pièce, et ce n'est qu'en levant les yeux pour tenter de dénicher une attrapette ou un torchon que je l'ai découvert. Il étais là, planté devant moi, dans son ciré sale et dégoulinant. Il me fixait d'un air moqueur.

– Hé, du calme, jeune marmiton !

Immédiatement efficace et à l'aise, lui, il a découvert des torchons, déplacé la marmite, ramassé le couvercle et, tandis que je ravalais des larmes de rage et de dépit, il a même éponger la cuisinière. Lorsque, enfin il s'est retourné vers moi, je léchais mes doigts douloureux.

134

– Vous vous êtes brûlée ?

Il a pris mes mains dans les siennes et, après les avoir examinées avec sérieux, il les a portées à sa bouche.

– Un baiser et il n'y paraîtra plus.

Parfumée à l'ail, j'ai passé l'une des plus douces soirées de ma vie. Mes trois hommes, chacun dans son genre, étaient magnifiques, attendrissants, généreux. Les touristes étaient drôles, la musique bonne, et le repas succulent. Nous avons mangé, bu, ri, dansé pendant des heures. Non, je n'étais pas en vacances, mais enfin presque, et lorsque, très tard, Fred étant trop occupé, Luis et le chien jaune m'ont raccompagnée jusqu'à ma porte, Luis, avant de me quitter, s'est penché sur moi et ses lèvres ont effleuré les miennes.

– Bonsoir, princesse.

Le chien jaune sur ses talons, Luis s'éloignait déjà. Moi, face au port, sous les timides et pâles étoiles d'un ciel fraîchement dégagé, je me suis sentie légère.

17

Mes hommes ont repris la mer, mais leur départ ne m'a pas rendue vraiment malheureuse. Cette fois, j'ai même laissé la porte de Fred ouverte, profitant ainsi de toute la place. Avec sérénité, vacant à mes activités, je les imagine tous deux voguant au loin. Et si, parfois, un rien de nostalgie montre son nez, de mes doigts j'effleure mes lèvres. Un doux frisson me parcourt, et la vie continue.

Intellectuellement, j'ai rajeuni d'une bonne vingtaine d'années, mais cela ne me préoccupe guère. Par contre, ce que je ne parviens pas à m'expliquer, c'est mon intérêt soudain pour le quotidien. Je fais le ménage avec plaisir, j'anticipe sur mes besoins en ravitaillement, mes placards débordent, je pense vaisselle, draps propres, nourriture pour chiens… Je navigue dans ma maison. Je lis. Je n'écris pas. J'écoute de la musique. J'envisage une visite à Amelia ou à ma douce flaque d'eau. De mes timides escapades, je rapporte des bouquets de fleurs sauvages, vite flétries, des pierres et des coquillages dont, depuis quelque temps, je fais collection. Et il me semble même que, si en partant Fred n'avait pas rempli mon frigidaire et laissé des consignes sévères à Juan Carlos au sujet de mon alimentation, je serais en mesure de me cuisiner des repas, sinon bons, du moins nutritifs et équilibrés.

Je ne me reconnais plus et je trouve cela reposant.

Où peuvent être passés ma soif de conquête, mon désir de pouvoir, mes rêves de gloire, d'aventures, de voyages et de rencontres extraordinaires ? Comment ai-je bien pu troquer ma belle indépendance contre une dépendance librement consentie et de surcroît dédiée à nulle autre que moi ?

Pour cerner ma nouvelle personnalité, comme ni Fred ni moi ne possédions de miroir, j'ai acheté dans une brocante à Valverde une psyché que j'ai installée au beau milieu de ma chambre. Je passe devant une dizaine de fois par jour et je m'examine. Un peu ronde. Je mange. Assez mal coiffée : l'idée d'aller chez un coiffeur à El Hierro me terrorise. Bronzée, bonne mine. Je dors.

En fait, les imperceptibles changements que le miroir me révèle ne sont pas fondamentaux. Les vrais bouleversements doivent être plus profonds. Mais qu'est-ce qui a bien pu les provoquer ? Dans ma quête de toi, François, je n'avance guère. Maman ne reviendra pas. Je suis toujours solitaire. Alors, d'où me

viennent ce désir de laisser le temps au temps et ce
début de certitude ?

J'ai eu subitement l'envie de rendre visite à Amelia.
J'étais en ville. L'heure de la sieste était passée. J'ai
acheté quelques sucreries pour accompagner le thé ou
le café qu'elle ne manquerait pas de m'offrir et, telle
une gamine excitée à l'idée de passer un moment avec
sa copine, je me suis hâtée jusqu'à sa maison. Les vieux
ayant pour lot commun la solitude, j'avais, hélas,
toutes les chances de trouver ma nouvelle amie seule
chez elle. Montant ses escaliers quatre à quatre, je fus
pourtant arrêtée dans mon élan par une voisine en
pantoufles qui, un bol contenant un reste de bouillon
à la main, se tenait sur le pas de sa porte.

– *Buenos dias, señora.*
– *Buenos dias, señora. ¿ Amelia esta aqui ?*
– *Si… Amelia esta un poco enferma.*

Mon espagnol n'allait pas jusque-là. Mais la voix
d'Amelia vint à mon secours.

– Entrez, Virginia !

Enfant impatiente de me fondre dans la douce chaleur d'une grand-mère confiture, la voisine sur mes
talons, je me suis rapidement dirigée vers la petite salle
à manger du premier jour. Pelotonnée dans un fauteuil, frêle tout à coup, ses épaules entourées d'un
châle que ses longues mains pâles retenaient sur sa

poitrine, les yeux agrandis dans son visage amaigri, auréolée de ses cheveux blancs, Amelia paraissait transparente. A notre insu, nos rôles s'étaient inversés. A présent, c'était elle l'enfant, et j'étais effondrée. Mon expression a dû me trahir. Amelia m'a souri.

– N'ayez pas l'air si inquiet, Virginia. *Un poco enferma,* cela veut dire juste un peu malade. Je serai vite remise et votre visite tombe à pic, comme on dit chez vous.

J'ai dû sourire à mon tour.

Je n'étais plus perdue dans cette ville étrangère. Je n'étais plus sur une île. J'étais une femme d'un certain âge et je te rendais visite, maman. Toutes deux, nous avions vieilli parallèlement, mais tu avais gardé une longueur d'avance. Moi, j'étais devenue plus douce. Mes angles, mes aspérités, mes formes s'étaient arrondis et j'acceptais le doute. Toi, tu étais devenue plus menue, plus fine, plus sûre de toi aussi. Tu savais où tu allais. Tu avais eu tout loisir d'y penser et de t'y habituer. Au fil des ans, nos relations s'étaient améliorées, jusqu'à une quasi-perfection. Mes rares sautes d'humeur ne te faisaient plus peur, elles te faisaient même rire. Et moi, j'avais oublié ton ancienne vulnérabilité, celle qui me déplaisait tant, pour ne plus voir de fragilité en toi que celle qui, un jour, serait cause d'une séparation que nous aurions fini par admettre toutes les deux.

— Virginia ? Vous voulez bien faire chauffer de l'eau pour le thé ?

Enfouie dans mes songes, je n'avais pas bougé. J'étais toujours plantée au milieu de la salle à manger, mon petit paquet de sucreries pendant au bout de mon bras. Je n'avais même pas remarqué le départ de la voisine. J'aurais tellement aimé partager ta vieillesse, maman. Mais de cela aussi, ta mort précipitée nous a privées.

— Mais bien sûr, Amelia. Avec plaisir.

Juan Carlos a reçu un message. Dans quelques heures, nos marins seront rentrés au port. Petit mousse laissé à terre, je veux leur montrer que maintenant moi aussi je sais briquer le pont.

Après avoir nettoyé le hall de mon immeuble à la porte éventrée et fait les escaliers marche par marche, je me suis attaquée à mon appartement. Un vêtement oublié, une photo punaisée au mur, une fleur fanée, un coussin, une bougie qui a coulé, des fruits dans une coupe, une écharpe sur la psyché, la couette froissée, un bouquin ouvert traînant dans un coin…, plein de petits riens, morceaux de vie, morceaux d'histoire, m'ont en quelques semaines recréé un univers.

Je ne sais toujours pas pourquoi ici je me sens chez moi, ni pourquoi, loin de tout ce qu'il me restait, peu à peu je retrouve la paix. Pourtant, je retrouve la paix. Fred, lui, qu'est-il venu chercher ? Que fuit-il ? Que retrouve-t-il en ces lieux ? Ce n'est pas en chassant quelques moutons dans son appartement que la réponse à cette question me sera donnée. Face à ce vide, je ne peux que constater une fois encore l'étendue du dénuement de cet étrange jeune homme qui ne laisse aucune trace derrière lui. Dans sa cuisine, les quelques ustensiles et le butane de campeur n'ont visiblement jamais servi. Dans sa salle de bains le linge est immaculé. Dans son living, côte à côte devant la baie vitrée, les deux fauteuils, l'un rouge et l'autre jaune, semblent scruter l'horizon dans l'attente du retour de leur propriétaire et seuls quelques bouquins posés sur la table à tréteaux laissent supposer que la pièce a déjà été habitée. Dans sa chambre, le dépouillement paraît encore plus flagrant, une lampe à même le sol et le sac de couchage bleu étendu sur un mince matelas de mousse. Mon cœur se serre devant les preuves si discrètes d'une existence. Je voudrais pouvoir faire quelque chose pour insuffler un peu de chaleur dans le néant de mon ami. Mais qui suis-je pour cela ? En peu de temps, les circonstances ont voulu que Fred et moi devenions intimes, mais je ne suis ni son épouse ni sa maîtresse, encore moins sa mère et, quand bien même serais-je l'une de ces femmes, combien d'amour faudrait-il que je lui donne pour que mes actes prennent chair ?

Pour aujourd'hui, je vais rester modeste, donner de l'air, secouer la poussière.

J'ai ouvert la fenêtre et pris le sac de couchage à bras-le-corps. Au moment où je le faisais basculer dans le vide, quelque chose s'en est échappé. Surprise, je me suis penchée. Comme des mouettes tournoyant au-dessus d'un futur bon repas, des revues, pages au vent, se rapprochaient du sol. J'ai dévalé les escaliers. Sur le trottoir, les revues du paquet, celles qui quelques jours plus tôt m'avaient tellement intriguée et fait passer une si mauvaise journée, m'attendaient. Pressée tout à coup de connaître leur contenu, je les ai ramassées et, tout en remontant mes marches, j'ai commencé à les feuilleter. Avant d'atteindre le premier palier, je savais qu'il ne s'agissait en aucun cas de revues porno et, bizarrement, j'en ai ressenti une pointe de déception. Je dois souffrir d'un manque.

De retour dans mon appartement, j'ai décidé de commencer par me faire un café, puis je me suis installée confortablement à mon bureau, les revues étalées devant moi. J'avais bien l'intention de profiter de ma découverte pour approcher d'un peu plus près la personnalité de mon copain et, gourmande comme un archéologue s'apprêtant à déchiffrer les hiéroglyphes des vestiges d'un temple fraîchement désensablé, je me suis lancée dans la lecture ardue d'une langue qui m'était parfaitement étrangère : l'allemand. Il ne m'a fallu que quelques photos, quelques schémas, quelques mots, quelques noms, hélas en toutes langues reconnaissables, pour comprendre que les revues que Fred avaient lues avec tant d'attention étaient des revues médicales.

Au cours de nos longues conversations, Fred m'avait dit avoir terminé ses études d'ingénieur agronome. Plus tard, il désirait s'occuper d'environnement mais, pour l'heure, se sentant un peu trop jeune pour sauver le monde, il se contentait de le parcourir afin de lier connaissance avec ce grand malade. Cela n'expliquait pas son intérêt pour les revues médicales, ni le fait de les lire en cachette et de les dissimuler aux éventuels regards. Ma curiosité tout à coup disparue, je me sentis gênée de mon involontaire intrusion. Je n'avais pourtant rien entrepris d'autre qu'un peu de ménage. Je n'avais pas fouiné chez Fred. Je n'avais pas lu son courrier, ouvert ses tiroirs, fouillé ses poches. Alors, pourquoi au fond de moi ce malaise diffus ?

La gaieté de la journée s'était évanouie. Lourde de ce secret qui me restait impénétrable, j'éprouvais de la honte sans pouvoir en déceler la cause. J'étais triste. Je suis allée remettre les revues dans le sac de couchage bleu et j'ai quitté l'appartement de Fred comme une voleuse.

18

Eblouie par le soleil de midi, grimaçante, j'étudie avec avidité au travers du pâle rideau de cils qui dissimule mon regard le doux visage de Fred : il est radieux.

Comme ils l'avaient annoncé, mes loups de mer sont de retour et, une fois encore, nous nous sommes tout naturellement retrouvés à la terrasse du bistrot du port pour partager un pichet du vin le plus alcoolisé du monde. Nouveaux amants, qui sait ? Nouveaux amis ? Timides, pudiques, solitaires, après chacune de nos séparations, le sang des vignes nous sert à renouer les liens ténus qui imperceptiblement, au fil des semaines, nous attachent un peu plus les uns aux autres. Nos rôles sont encore bien mal définis, mais notre tendresse est réelle. Tellement dissemblables, incroyablement nous nous rapprochons, nous devenons complices et, plus extraordinaires encore pour les sauvages que nous sommes, ensemble nous nous amusons. Aujourd'hui, mes trois hommes sont particulièrement en verve. Plus volubile que jamais, Juan Carlos pose des questions farfelues aux deux matelots au long cours qui se font un plaisir de conter avec maints détails tout aussi farfelus des frasques et des aventures qui me paraissent surtout largement inventées. Ils en rajoutent. Ils se vantent. Bon public, Juan Carlos rit. Moi, écoutant la joie dans le son de leurs voix, bizarrement je me tais. Bien sûr, tout à l'heure, lorsque Luis s'est approché, comme une collégienne devant le tombeur de la classe, je me suis sentie défaillir, et lorsque pour m'embrasser sur les joues, il m'a attirée à lui en posant sa main au creux de mes reins, j'ai dû étouffer un gémissement. Quelle misère ! Un seul geste de ce mec, et c'est tout mon corps qui répond. Une chienne en chaleur, aurait dit ma prude Mère-Grand. Et c'est vrai que, dès le premier soir, j'ai désiré infiniment Luis mais, cette fois, l'émotion de nos retrouvailles est atténuée, voilée par l'angoisse qui me tenaille depuis que par mon involontaire indiscrétion, je suis investie d'un secret qui ne m'était en rien destiné.

Ce matin, émergeant d'une nuit habitée de cauchemars, quand j'ai ouvert les yeux, ce n'est pas l'image forte et colorée de Luis sautant de son bateau qui m'est apparue, mais la frêle silhouette de son compagnon de voyage. Ce matin, celui que j'attendais, c'était Fred. J'avais besoin de le voir, de le toucher, de lire sur ces traits que mon inquiétude à son égard n'était que l'expression de mes peurs. Alors, pourquoi, à présent que Fred est là et qu'il semble rayonnant, l'insidieux pressentiment qui m'anime persiste-t-il à me serrer le cœur ? Quelles preuves, quelles certitudes pourraient m'apaiser ? Pourquoi, depuis que je connais ce jeune homme, moi la femme sans attaches, l'orpheline stérile, ai-je avec lui des comportements de mère juive ? Où ai-je bien pu prendre ces tics de poule pondeuse ? Toi, maman, lorsque j'étais petite, tu m'aimais sans me couver. Tu me faisais confiance. Tu disais :

– Virginia est grande et raisonnable. Avec elle, je suis tranquille. Son mauvais caractère la protégera de tout. Tel un chat, elle retombera toujours sur ses pattes.

Tu disais :

– Toi, tu es intelligente... tu comprends...

Ce n'est que bien plus tard, lorsque ma vie t'a déçue, que tu as commencé à te faire du souci pour moi, et moi, ce n'est que maintenant, plus de six mois après ta mort, maman, que je comprends enfin que si tu me voulais si forte, si indépendante, si vivante, c'est parce que toi, tu avais été une petite fille trop sage, étouffée entre une mère froide et revêche et un père tiède et plutôt lâche.

Bien sûr, avec papa, tu as dû avoir de bons moments mais, curieusement, de votre amour, je ne peux me souvenir. Je ne me rappelle vraiment que de son départ et de ta peine. En ce temps-là, ton père venait de mourir, ta mère était toujours aussi revêche et, moi, la forte tête, je me montrais mauvaise et je te méprisais d'avoir été rejetée.

Maman, ma merveille, comme je t'ai maltraitée, et comme je m'en veux aujourd'hui d'être passée à côté de toi et de t'avoir blessée. Seulement voilà : il est trop tard.

– Virginia… ?

– Virginia… ?

– Virginia… vous pleurez ?

Du bout de mes doigts, je sens sur mes joues les larmes couler. Prise au piège, découverte, j'offre à mes trois compagnons un piètre sourire et je murmure :

– C'est le soleil qui m'a éblouie.

19

Décidément, François, je suis un bien détestable détective. El Hierro est une île vraiment petite, je l'habite depuis près de trois mois. Plus habile, je devrais au moins posséder quelques indices menant à ton repaire. Mon éditeur a raison, si tu avais choisi d'émigrer en Chine, je me verrais dans l'obligation d'utiliser plusieurs de mes prochaines vies pour que mes pas aient un jour une chance de croiser ta trace.

Bien sûr, je m'applique. Bien sûr, je pense à toi, à maman, à avant. Bien sûr, je suis ici pour te retrouver et bien sûr, je te cherche. Mais j'avance si lentement ! Depuis le début de mon voyage, mon enfance près de toi me revient par pans entiers, notre passé m'est rendu petit à petit, c'est un progrès. De notre présent pourtant, de ce que pourrait être aujourd'hui, si tout à coup, tu étais là, je n'ai nulle idée. Je n'arrive pas à nous imaginer face à face. Je n'arrive pas à t'imaginer, toi, maintenant. Jeune, je te redécouvre, mais vieux, tu m'échappes.

Chaque matin, pour tenter de me rapprocher de toi, je relis tes trois cartes postales. Ton écriture, restée la même, m'impressionne toujours : un peu trop belle, un peu trop bien dessinée, distinguée, froide et équilibrée. Comme sur les mots que tu m'adressais jadis et que j'ai détruits, elle ne fait que me perdre un peu plus.

Qui es-tu, papa ? Que nous est-il arrivé ? Pourquoi ce silence, ces kilomètres ? Pourquoi entre nous ces années de séparation ?

C'est moi qui ai voulu rompre, mais c'est toi qui étais parti. Pour l'amour comme pour l'oubli, il faut être deux. Qu'est-ce qui nous a pris, toi l'adulte fuyant, moi l'enfant rejetant, et maman entre nous ?

Devant ton abandon, ma rage, ma douleur, mon refus étaient tels que maman, comme toujours, a dû s'effacer. J'étais devenue folle, elle, elle était simplement malheureuse. Elle m'a volontiers cédé le premier rôle de notre petite tragédie. Il n'y a pas très longtemps, depuis son départ en fait, j'ai compris qu'elle avait eu beaucoup plus mal que moi. Elle, elle avait été blessée à mort. Moi, je n'étais que blessée à vie. Et me voilà dans ton sillage. Pourquoi ? Pour te demander des comptes ? Pour te faire des reproches, pour m'assurer que toi aussi tu avais souffert, pour te réclamer un peu de l'amour dont tu m'avais lésée, pour te pardonner ou pour te dire : « Je t'aime encore, papa » ?

20

Gelée, calée en position de fœtus entre un rouleau de cordages et une bouée de sauvetage, respirant profondément des effluves de poisson et de gas-oil pour lutter contre la nausée, je fixe la mer. Mais la mer bouge et je me sens lamentable.

Pourtant, ce matin, en dévalant mes escaliers, avec mes tennis blanches, mon short blanc, mon petit pull-over et mon baluchon sur l'épaule, j'avais seize ans. Sur le port, il faisait encore nuit et il bruinait. J'étais comme d'habitude en avance, mais mon moral était inébranlable, comme il l'était d'ailleurs depuis que Luis nous avait invités, Fred et moi, à faire du cabotage autour de l'île. Plusieurs jours sur un bateau, entre l'homme aux yeux très bleus et mon copain. Nous allions dormir à la belle étoile, manger des poissons que nous aurions pêchés nous-mêmes, nager au large et accoster dans de petites criques désertes. Bien sûr, nous allions vivre dans une grande intimité où le sexe risquait de poser un problème.

Mais nous n'étions pas du genre à laisser le sexe gâcher notre plaisir. Donc, mon moral était au beau fixe jusqu'au regard que Fred et Luis ont échangé en me rejoignant sur le quai. Là, il m'a semblé que quelque chose clochait, et j'ai vite compris que ce quelque chose, c'était moi. A peine à bord, Luis a farfouillé dans un coffre puis il m'a tendu un vieux pull, une grande salopette, un ciré jaune, des bottes et un chapeau.

– Désolé, moussaillon, votre tenue est parfaite, mais j'ai peur que nous essuyions un grain.

D'un seul coup, mon moral est retombé à zéro et c'est à moi que j'en voulais. Entre les quelques minutes très denses que, le premier jour, nous avions vécues, et les trois mois que nous venions plus ou moins de partager, j'aurais dû finir par comprendre que Luis ne faisait aucune différence entre une jeune femme élégante s'apprêtant à partir en croisière et un matelot malpropre.

Alors que les vrais marins appareillaient et que, furieuse et docile, j'enfilais l'uniforme de rigueur, leurs gestes bien accordés, leur connivence, leur bonheur à travailler côte à côte ne m'ont pas échappé et, une fois encore, je me suis sentie rejetée. Je te déteste, François. Misérable, je me suis réfugiée à l'avant du bateau et, pour me punir un peu plus, lorsque le chien jaune m'a rejointe, je ne l'ai pas caressé.

– Virginia, je crois que le grain est passé. Je crois aussi qu'un peu de café chaud vous ferait du bien.

Agenouillé devant moi, une Thermos à la main, Luis m'a tendu une tasse de café en souriant.

– Ce soir, nous dormirons à terre, matelot, et je vous promets que demain le soleil sera au rendez-vous.

Appuyant la tasse chaude contre ma joue, j'ai rendu à Luis un pauvre sourire.

Cette nuit, pour m'endormir, je vais pouvoir compter toutes les étoiles du firmament. Blottie dans mon sac de couchage, les pieds calés contre les pierres du foyer où des braises rougeoient encore, avec pour la première fois de ma vie un homme endormi, étendu de part et d'autre, bien à l'abri, bien au chaud, bien protégée, je me remets de ma première journée de navigation. L'épouvantable souvenir du mal de mer, suivi, après notre accostage, du mal de terre, s'efface lentement. Hélas, il n'en est pas de même de mon humiliation. Je me déçois de plus en plus. Je savais déjà que je n'étais pas sportive, que je n'avais ni rythme ni oreille, que je n'étais pas du tout douée pour les langues. Je me savais nulle en cuisine et peu experte pour les choses de l'amour. Mais à présent, je sais aussi que je n'ai pas le pied marin. Je ne suis vraiment pas une publicité vivante pour la gent féminine. Si j'étais un homme, rien qu'en me regardant, je deviendrais homosexuel. D'ailleurs, qui me dit que mes compagnons ne le sont pas ! Ils adorent partir naviguer tous les deux. Ils s'entendent comme larrons en foire. Ensemble, ils sont toujours gais. Ha, ha ! L'un et l'autre sont célibataires et, malgré l'évidente promiscuité dans laquelle, depuis notre rencontre, Fred et moi vivons, ce garçon ne m'a jamais fait la moindre proposition équivoque. Quant à Luis, il serait malhonnête de ma part d'invoquer notre idylle pour preuve de sa totale hétérosexualité. Plus je vieillis, plus les hommes me sont étrangers. Je pourrais moi aussi être homosexuelle. Non, si entre deux hommes, je peux sans trop de peine imaginer des rapports amoureux presque conventionnels, il m'a toujours semblé qu'entre deux femmes, à un moment ou à un autre, il devait manquer un truc.

Bon, cette fois, je compte les étoiles.

Comme lors de notre première nuit passée ensemble, un léger sifflement s'échappe de la bouche enfantine de Fred. Par contre, et ça c'est une bonne surprise, Luis ne ronfle pas. Comme d'habitude, moi je ne dors pas. Le bruit de la mer pourrait me bercer. Si bien entourée, je devrais être rassurée. Eh bien, non. Je suis agaçante à la fin. En fait, papa, tu as

patiemment attendu mon adolescence pour te per-
mettre de prendre le large afin de vivre ta vie, et
maman aurait très bien pu choisir de vivre la sienne.
Après tout, elle était encore jeune, belle et désirable.
Toi parti, le monde aurait pu lui appartenir. Alors,
de quoi me suis-je mêlée ? Vous étiez des adultes, il
s'agissait de vos vies. Pourquoi suis-je donc incapable
d'accomplir la mienne ? Les étoiles pâlissent. La nuit
s'éclaircit. Je fixe le ciel entre mes deux gardes du
cœur, sans dormir, sans oser bouger, sans oser aimer.

Mon premier poisson, je viens de pêcher mon premier poisson ! D'accord, il n'est pas gros, mais il est
très beau, et puis, c'est mon premier.

C'est fou ce que je peux connaître de premières
fois depuis que j'ai atterri sur cette île. Ma première
fuite, ma première fugue, ma première immersion
dans un monde qui m'est absolument étranger ; ma
première vraie solitude, mon premier viol librement
consenti, ma première maison face à l'océan, ma première amitié avec un tout jeune homme, ma première grand-mère espagnole, mon premier chien
jaune, mon premier pick-up et même mon premier
trèfle à quatre feuilles. C'est comme si je m'offrais
ma première chance, à trente-cinq ans, à peine
quelques mois après mon premier deuil, celui qui
m'a laissée à jamais orpheline et que je ne pourrai

partager avec personne. A moins que je ne te retrouve, François.

Est-ce qu'à toi aussi, papa, ce pays t'a donné des ailes ? Ici, t'es-tu senti libre, heureux ? As-tu découvert le bonheur ? Et pourquoi tout à coup, après tant de temps écoulé, malgré ta trahison et l'amour qu'elle t'avait gardé, y as-tu appelé maman auprès de toi ? Que voulaient dire ces mots que tu lui as écrits : « Quand toute une vie est passée, une autre peut commencer » ? Quel lien, quel secret, avait perduré entre vous ?

Jusqu'à la découverte de tes trois cartes postales, j'étais comme une mer d'huile. J'adorais te croire perdu pour toujours. J'étais sûre que ton amour ne m'importait plus et que celui de maman m'était définitivement acquis. Me voilà délaissée, évincée par votre complicité. Alors, les parents, vous existiez en dehors de moi ? Je n'étais que l'enfant, presque l'intruse ? Peut-être qu'au fond c'est moi et mon refus d'entendre parler de toi qui vous ont empêchés de vous rejoindre ? Peut-être que maman attendait depuis longtemps un signe de toi et que toi-même tu n'avais pas cessé de l'aimer ? A présent, il est trop tard pour qu'elle m'avoue la vérité, quant à toi... C'est dégoûtant, mais j'ai bien peur d'être obligée de me bâtir une histoire rien qu'à moi. Quel voyage, papa !

— Attention !!

Avec ses grosses bottes antidérapantes, Luis vient d'écraser mon poisson.

— Oh, excusez-moi, je ne l'avais pas vu. Je suis désolé.

— Moi aussi, c'était mon premier. Mais c'est peut-être mieux comme ça. Je crois que je n'aurais pas eu le courage de le manger. Et je n'allais tout de même pas le faire empailler.

— Vous êtes une drôle de fille.

— C'est un compliment ?

— Oui.

— Alors, vous êtes pardonné.

— Merci. En fait, j'étais venu pour vous dire que Fred préparait du thé.

— OK, j'arrive.

Drôle de fille... fille... Qu'est-ce que ce terme générique peut bien vouloir signifier pour Luis lorsqu'il s'applique à ma personne ? Lorsque par hasard mon regard croise celui, amical, de cet homme, je ne vois pas une femme se refléter dans ses beaux yeux bleus, pas un homme non plus. Non, je vois plutôt comme un second chien jaune. Je n'ai pas rêvé pourtant, le premier soir au moins, pendant quelques instants, je l'ai fait bander. Ce mec va finir par me donner des complexes. Moi qui avais peur que le sexe pose des problèmes entre nous durant ce voyage, me voici rassurée. Dès notre retour à La Restinga, je me dégotte n'importe quel touriste, et je me le fais ! A moi, le numéro soixante-sept !

Je m'aguerris. Je m'habitue au roulis. Mon nez pèle mais je nage, je pêche et je mange mes poissons. Et puis quelle tranquillité ! En mer, pas de cimetière à visiter. Remarque, papa, si tu es mort au cours d'une traversée, ton corps peut très bien avoir été jeté par-dessus bord. C'est la coutume sur les bateaux. Tu gis peut-être au fond de l'eau. Seulement voilà, pourquoi serais-tu mort ? Tu es encore jeune, et si je me souviens bien, tu n'as jamais fait ton âge. Mince, les muscles longs, la peau mate, les cheveux noirs ondulés, parsemés de quelques fils d'argent, les mains et les pieds parfaits, et le regard… tout était beau en toi. Pourquoi cela aurait-il changé ? Je dois arrêter de chercher un vieillard. Je cherche mon père, et ce qui est marrant c'est qu'à Paris comme ici, en dehors d'Amelia qui m'a servi d'interprète et de quelques dames de mairie, personne ne s'en doute. Que pensent mes trois potes de mon séjour prolongé sur cette île idyllique ? Luis et Juan Carlos peuvent se dire que je travaille à mon roman. Mais Fred, lui, tout comme mon agent et mon éditeur, sait que je n'écris pas. Quant à ma meilleure amie, elle doit m'imaginer en train de roucouler dans les bras musclés d'un beau maître nageur. Et je suis certaine que mes lecteurs comme mon chat m'ont oubliée. Je me dissous. Si je n'y prends pas garde, je vais finir par disparaître à mon tour.

« Quand viendras-tu à La Restinga ? »

Il y a de la sorcellerie dans tout cela.

« Va, petit mousse, le vent te pousse… La, la, la, la, la, la, la, la, lalère… » Depuis ce matin, ce refrain me trotte dans la tête. C'est vrai qu'un vent délicieusement doux nous pousse et que j'ai le cœur à chanter.

Luis à la barre, Fred à la voile, le chien jaune et moi paresseusement installés à la proue du bateau, nous entamons notre dernier jour de mer. Ce soir, dernière halte, dernier bivouac, demain nous rentrons au port. Ce voyage a passé trop vite. Tu n'es pas tellement grande, l'île, mais tu es tellement impressionnante, tellement magnifique, tellement sauvage. De tes coulées de lave glissant jusqu'à l'eau, de tes falaises tombant à pic dans l'océan, de tes criques de cendres noires, de tes longues plages de sable blanc, de tes vignes et tes vergers que viennent lécher les vagues, je vais garder des yeux émerveillés. Quand je pense que le premier jour je t'ai traitée de continent pour de rire, je ne savais pas si bien dire. Tu es tellement changeante, île de El Hierro, je crois que ma maman t'aurait beaucoup aimée.

Et voilà, notre tour est achevé. Dans le soleil couchant, après avoir contourné le phare, longé la jetée, Luis guide prudemment son bateau jusqu'à son emplacement. Que de fois je l'ai vu accoster ce bateau ! Aujourd'hui que je suis à son bord, en sais-je davantage sur l'âge du capitaine ? Et qu'attendais-je en embarquant ?

En dehors de mon premier jour peu glorieux, notre balade a été formidable. Le soleil, la lune, les étoiles, la mer, tous les éléments semblaient s'être mis à notre service. Nos pêches étaient fabuleuses, nos campements choisis avec soin. Nos pique-niques pleins de surprise, nos soupers au feu de bois dignes des meilleures tables, les paysages somptueux et nos nuits reposantes. Alors, pourquoi ce pincement au cœur, cette peur au ventre tout à coup ? Pourquoi cette lassitude et cette sensation de détresse ? Que m'a-t-il manqué durant tous ces jours ? Ou que va-t-il me manquer maintenant ? L'amour ? La baise ? J'ai l'amitié, ce n'est pas si mal. Eternellement désenchantée, qu'est-ce que j'attends de ma vie ? Suis-je née insatisfaite ? Etais-je une petite fille que le monde déjà décevait ? Mes jeux, mes jouets me paraissaient-ils fades ? Etais-je une enfant triste ? Ou bien étais-je une enfant gaie et heureuse et est-ce ton absence, François, qui m'a donné ce goût de l'attente et cette propension à la mélancolie ? Qui me l'apprendra désormais ?

De mon enfance, avec maman, nous ne parlions jamais. Nous devions penser que nous aurions bien le temps, plus tard, d'aborder les confidences sur notre passé. Pour nous chamailler et nous réconcilier, le présent nous suffisait. Nous ne nous quittions guère, nous vivions si proches l'une de l'autre que nous n'allions tout de même pas en plus nous raconter. Dommage, parce que depuis qu'elle est morte, au fil des jours, je découvre que ma mère était une cachottière et que d'elle je n'ai rien su. De toi, papa, que sais-je ?

D'un même élan, Fred et le chien jaune ont sauté sur le quai. Pendant que Fred nous amarre, le chien jaune fait la fête à Juan Carlos venu à notre rencontre. Un dernier soubresaut, Luis a coupé le moteur. Un instant déséquilibrée, je vacille. Luis me rattrape.

– Pas encore tout à fait le pied marin, matelot. Mais vous avez fait de gros progrès. Au prochain voyage, ce sera parfait.

Le prochain voyage, est-ce une promesse ?

La Restinga

Luis à son tour saute sur le quai et me tend la main. Avant de la saisir, aveuglée par le soleil, je cligne des yeux pour mieux distinguer les trois hommes et le chien. Peut-être enfin vais-je pouvoir arrêter d'attendre ? Peut-être après tout est-ce eux le début de ma route ?

21

Nue, étendue bras et jambes écartés, je n'arrive même pas à toucher les bords de mon grand lit. Inutile de me le cacher, ce soir, j'étais ravie de rentrer chez moi. « Chez moi… » C'est drôle, mais je m'explique mal qu'en quelques semaines cet immense espace à peu près vide ait pu devenir mon port d'attache. J'ai pourtant beaucoup déménagé depuis le petit appartement de la rue de Charenton, celui que je n'ai jamais aimé mais que j'appelais « la maison », puis plus tard « chez maman ». Seule ou à deux, j'ai investi beaucoup de lieux, certains chics, d'autres moches. Aucun ne m'a vraiment appartenu. Chaque fois, j'y apportais mes livres, mes disques, mes coussins, mes tapis, ma couette, mes photos, mes objets, mon bureau, mes habits, mon parfum, chaque fois j'y recréais mon univers, mais chaque fois, les murs, l'air ambiant, la circulation entre les pièces, même la vue que m'offraient les fenêtres, tout me restait étranger. Je me suis bien attribué quelques salles de bains. Jamais plus. Et souvent, en donnant mon adresse, il m'arrivait de me tromper. Au moins maintenant je sais où j'habite :

VIRGINIA LAURENS
SUR LE PORT
LA RESTINGA
ISLA DE EL HIERRO
ARCHIPIELAGO CANARIO
OCEANO ATLANTICO

C'est déjà un commencement.

Francesca Gomez, ma petite morte, tout à l'heure en rentrant dans Valverde, avant de me rendre chez Amelia, j'ai eu envie de m'arrêter pour te dire bonjour. Le cimetière ne m'est pas encore familier. Pourtant, je n'ai eu aucun mal à retrouver ta place, 1903-1907. Je ne t'ai même pas cherchée. Mes pas m'ont simplement menée jusqu'à toi. Peut-être parce que tu me guides ou peut-être parce qu'il me manque une tombe. Mais laquelle ? Sur la minuscule parcelle de terre qui t'est concédée, je dépose quelques pâquerettes cueillies au sommet de l'île à ma place habituelle. Près de toi, je me sens apaisée. Merci petite fille.

Bien qu'impromptue, ma visite n'a pas semblé surprendre ma vieille amie. Impeccable, joliment coiffée, un bijou égayant sa mise, dans sa maison qui sent si bon, une friandise toujours prête à offrir, Amelia, simplement, malgré le terme promis bientôt de sa longue traversée, persiste à attendre. Et moi jalouse, je voudrais percer le secret de cette patience et surtout de cette joie uniquement dédiée à la vie qui passe. Comment cette femme discrète et anonyme, privée de son unique amour, a-t-elle pu continuer à partager avec les autres son intelligence et sa beauté, alors que moi, rien que pour me sentir exister un tout petit peu, il me faut toute une cour ? Comment s'y est-elle prise pour rester aussi fraîche sans les caresses des hommes ? Peut-être, qui sait, en a-t-elle eu ?

— Amelia…

— Oui…

— Avez-vous eu des amants ?

— Non.

— Pourquoi ? A cause de la religion ?

— Mon père et mon fiancé étaient communistes.

— Et vous ?

— Ce n'est pas à l'église que je rencontre Dieu.

— Alors ?

— Alors… il faut croire que j'étais la femme d'un seul homme. Ça vous choque ?

— Non, je pense que ma mère était ainsi.

— Et vous ?

— Moi, je dois avoir du mal à trouver le seul homme...

— Ne vous inquiétez pas, Virginia, il finira par venir.

Amelia, ma chérie, puissiez-vous dire la vérité car je dépéris, je m'assèche, je me rabougris dans ma quête. Le seul homme ! Est-ce pour le rencontrer que je suis venue jusqu'ici ?

« Quand viendras-tu à La Restinga ? » François, il y a moins d'une année, tu écrivais cela. C'est dans ce lieu que tu donnais rendez-vous à ton ex-femme. A présent, où es-tu ? Dans ce petit port coincé entre des champs de lave, l'océan et une route en cul-de-sac, où pourrais-tu te cacher ? De toute façon, que pourrais-tu exercer comme activité par ici ? Tu n'es pas Juan Carlos. L'hôtel aux volets bleus est tenu par deux respectables vieilles dames. Ma douce flaque d'eau a épousé, il y a vingt ans, un Canarien pure souche qui lui a fait six enfants et, depuis mon arrivée, presque chaque soir, de mon balcon, j'épie les bateaux de pêche qui accostent. Je connais par cœur leurs équipages. Aucun de ces marins ne te ressemble. Aucun n'est toi. Il reste bien la brochette de petits vieux, mais tout de même...

Alors, courageusement, le chien jaune installé à l'arrière de mon pick-up, j'ai repris mes pérégrinations. Dans chaque village de l'île, systématiquement, je visite les épiceries, les bureaux de tabac, les boutiques de souvenirs, je fais les marchés, je mange dans des gargotes, j'enquête. Bien entendu, la langue m'est un obstacle. Mais je me débrouille de mieux en mieux.

– *Perdoname, busco a mi padre, se llama Francisco Laurens.*

(– Excusez-moi, je cherche mon père, il s'appelle François Laurens.)

Tu vois, papa.

Après le bateau et les longs moments d'intimité forcée, après les gênes qui se terminent en fous rires, les gestes qui disent plus que les mots et les corps impudiques qui dénudent les pensées, Luis, Fred et moi avons tous trois ressenti la nécessité absolue de mettre un peu d'air entre nous. Juan Carlos nous avait préparé un délicieux repas que, bien sûr, nous avons partagé. Puis Luis, comme après chacun de ses retours, a enfourché sa moto. Il lui était facile de nous échapper. Pour Fred, toujours si disponible, si transparent, si présent, l'exercice était plus délicat. Alors, il a simplement choisi de disparaître en lui-même. En fait, il est bien là, mais sans y être. Il me fallait à mon tour trouver une solution pour prendre mes distances et, pour une fois, j'ai innové. Sans fuir, je me suis tout à coup sentie autonome. Il m'a semblé que je pouvais exister par moi-même. C'est donc dans cette nouvelle disposition d'esprit que j'ai repris mes recherches et que, entièrement occupée par ma belle indépendance, j'ai oublié l'heureux touriste qui devait porter le fatidique numéro soixante-sept. Décidément, en ce moment je m'étonne. Je ne fais pas du tout l'amour. Je n'écris pas. Je lis peu. Les nouvelles du monde m'indiffèrent. Je ne m'estime pas en vacances. Je mets de moins en moins d'espoirs dans le résultat de mes explorations. Je sais pertinemment que sur cette terre nul ne se soucie vraiment de moi et, pourtant, sans déprimer, sans me raccrocher à une occupation sérieuse, je vis. J'ai un pick-up, j'ai un chez moi, j'ai des amis, je partage un chien, je vaque.

L'air de cette île me change-t-il ? Est-ce Amelia, Juan Carlos, la petite Francesca, Fred ? Est-ce que sans me l'avouer j'espère encore en nous, papa ? Ou l'amour très secret que je nourris pour Luis me porte-t-il ?

— *Buenos dias, señora, que bella jornada.*

J'ai failli tomber à la renverse. Accroupie dans l'herbe, un bouquet de fleurs à la main, comme à l'accoutumée, je faisais pipi à ma place favorite.

La Restinga

Sur une île des Canaries
Une dame faisait pipi
Un fermier qui passait la vit.
Et tous les deux furent ravis.

— *Buenos dias, señor.*

Par bonheur, le matin même, j'avais troqué mon jean contre une large jupe à volants. Me contorsionnant avec discrétion pour remonter ma culotte, j'ai tendu vers l'homme mon petit bouquet.

— *Bella jornada y bella flor.*

Tu vois, papa.

22

Une nuit douce et très sombre m'a comme chaque soir prise au dépourvu. La lune n'étant pas encore levée, je n'ai pour deviner la route étroite qui mène à La Restinga que la faible lueur des phares de mon pick-up. Ce n'est pas le luxe, mais je ne suis guère pressée de rentrer. Le seul être vivant qui aurait pu attendre mon retour est endormi à mes côtés, roulé en boule sur le siège du passager. De plus, je sais mon frigidaire vide et Fred, peu enclin, en ce moment, à nous faire la cuisine.

En descendant la rue principale de mon port préféré, j'hésite un instant à m'arrêter pour dîner au café-restaurant-hôtel-moderne. Un petit coucou à ma douce flaque d'eau. L'idée du jaune univers me fait renoncer. Je passe mon chemin et je tourne sur le quai. En stoppant devant ma porte, je remarque qu'il règne une grande agitation à la terrasse du bistrot de mon copain. Cela est tentant, mais je suis crevée. Je réveille tendrement le chien jaune puis, discrète-

ment, je me glisse dans mon immeuble. Fred sera-
t-il chez lui ? Ou bien aura-t-il eu assez le moral pour
aller affronter les touristes ? La réponse est punaisée
sur ma porte.

« Bonjour Virginia, il y a fête chez Juan Carlos, si
tu en as envie, viens nous retrouver. Peut-être à tout à
l'heure.
Fred.

PS : Virginia, je viens d'inspecter ton frigidaire. Il
est vide et comme je t'interdis de manger un potage
en sachet, tu n'as pas le choix : même si tu n'en as pas
envie. Tu viens nous retrouver.
A tout de suite.
Re-Fred »

Super, Fred va un peu mieux, le voilà qui ressort
de sa coquille et j'en suis trop heureuse pour prendre
le risque de le décevoir. Une douche, un léger
maquillage, un T-shirt propre, me voilà comme
neuve et même pourquoi pas prête à faire des folies
de mon corps.

En passant sur le port, je distingue dans la nuit les
hauts mâts d'un voilier. Il est magnifique et si grand
qu'auprès de nos bateaux on dirait un chêne millé-
naire planté dans un pauvre verger. Impressionnée, je
m'arrête pour admirer cette merveille puis, comme
pour la saluer, je lève la main et, crachant par terre, je
jure que si par miracle à la fête de Juan Carlos je ren-

contre l'un des passagers de ce roi des mers, un homme de préférence, possédant sa classe, je ferai tout ce qui sera en mon pouvoir pour ne pas dormir seule ce soir.

Malgré mes résolutions, c'est bien entendu avec une certaine méfiance qu'approchant de la terrasse de Juan Carlos je m'apprête à aborder les occupants du voilier. Ils sont une dizaine et, ne m'en déplaise, les femmes, ni trop ni trop peu habillées, ni trop ni trop peu maquillées, ont plutôt toutes l'air sympathique. Quant aux hommes, à première vue, ils semblent modestes et discrets. Personne ne paraît éméché, aucun rire vulgaire ne fuse, les ondes sont légères et la musique, diffusée par le juke-box, a été sélectionnée avec goût. Si je ne m'éclipse pas rapidement, je vais devoir me montrer aimable. Entre ombre et lumière, je peux encore reculer mais déjà mes copains m'ont aperçue. Embrassée, cajolée, présentée, je me retrouve un verre à la main en excellente compagnie. Je serai donc aimable. Aimable, et intéressée : hé oui, qui de ces messieurs de passage sera cette nuit mon prince charmant ? En les fixant l'un après l'autre, je n'ai pas ressenti « la petite mort ». Mon cœur ne s'est pas emballé, je n'ai ni chaud ni froid, je ne tremble pas, et je me sens tout à fait solide sur mes jambes. Mais je suis assez vieille pour savoir qu'il faut prendre la peine de lire entre les lignes. Au diable les apparences, je suis d'accord pour embrasser le crapaud sur la bouche. Hélas, j'ai comme l'impression que ces batraciens sont déjà tous en couple. Je vais donc une fois de plus me contenter de passer une soirée sans surprise. Je piétine, et je suis certaine que depuis des mois, dans tous les hebdomadaires féminins, mon horoscope est resté inchangé.

Affaires :
Aucune rentrée d'argent n'étant envisagée, évitez les dépenses inutiles.
Amour :
Vénus vous joue des tours.
Santé :
Bonne.

Bonne, la soirée l'a été. Arrivés tôt dans l'après-midi, les voyageurs avaient commandé pour le dîner une gargantuesque paella, et Juan Carlos s'était surpassé. Ce succulent plat unique ne nécessitant qu'un service minimum, Fred, sourire et air mutin de retour, ayant été promu sommelier, je fus tout naturellement déléguée aux relations humaines. Un adolescent un peu paumé au milieu des adultes avait, lui, pris en charge la partie musicale de la fiesta. L'ambiance était parfaite. L'air était doux, la lune s'était levée et, comme par une nuit africaine, on avait l'impression de pouvoir toucher du doigt le ciel étoilé. Il y a des soirs superbes. Et tu vois, François, si maman et toi aviez été là, simplement assis parmi les convives, et que Luis, m'enlaçant tendrement, m'avait entraînée dans l'ombre pour me faire tournoyer, je n'aurais rien eu de plus à désirer. Mais trois êtres me manquent et... c'est la vie, comme on dit.

Il devait être près de trois heures du matin lorsque Fred, qui a décidément retrouvé la forme, a eu l'heureuse idée d'inviter toute la troupe à visiter notre château. Sans doute par politesse, tout ce beau monde s'est extasié devant nos espaces dénudés et mal éclairés. Histoire de ne pas rompre l'ambiance, Fred, qui n'avait guère le choix, a mis sur ma chaîne les tangos de Julio, et effectivement la bonne ambiance s'est prolongée, devenant même plutôt chaude. Se formant ou se déformant, je ne les connaissais pas assez pour en juger, des couples se sont égayés dans les pièces pour danser de plus en plus lascivement. L'adolescent s'étant endormi, Fred s'est transformé en DJ. Sans âme sœur, je n'avais plus, telle Cendrillon, sur les douze coups de minuit, qu'à disparaître. Ce que je fis avec plaisir. Et après avoir chassé délicatement l'un des couples qui s'était fourvoyé, je récupérai enfin ma chambre et ma salle de bains.

Les dents lavées, vaguement démaquillée, c'est avec délectation que je me glissai sous ma couette. Lancinante, la musique me servit de berceuse et, pour une fois, après cette longue soirée ajoutée à ma dure journée, épuisée, peut-être tranquillisée par toutes ces présences, je m'endormis immédiatement sans angoisses ni divagations.

– Oui… Oui…

Brusquement réveillée, j'écarquille les yeux. Il fait noir. La porte de ma chambre s'ouvre sur la silhouette de Fred, se découpant sur un fond lumineux.

– Virginia… tu dormais déjà ?

– Oui…

– Oh, excuse-moi…

– Qu'est ce qu'il y a ?

– Les invités ont pris racine. Ils doivent être heureux de passer une nuit à terre. Je n'arrive pas à m'en débarrasser. Je ne sais plus quoi faire. J'ai froid et je tombe de sommeil. Tu ne m'accepterais pas dans ton lit ?

– Je n'ai pas de T-shirt.

– Pas de problème, je vais garder le mien.

Ce n'est pas possible, je rêve. A présent, lorsque je confie à un homme que je suis toute nue, il pense que je lui propose un pyjama. Je touche le fond.

– Alors, tu veux bien ?

– Hum… hum…

Sans me laisser le temps de revenir sur ma déci-
sion, comme s'il exécutait une figure de ballet, dans
un même élan, Fred pénètre dans la pièce, referme la
porte, ôte son pantalon, se glisse à mes côtés puis
pousse un soupir de soulagement.

– Oh ! Dieu que c'est bon, merci.

– Pas de quoi.

– Bonne nuit.

– Bonne nuit.

Et voilà, gagné ! Je suis sûre que dans cinq
minutes, un léger sifflement s'échappera de la
bouche de mon copain qui dormira profondément
pendant que je compterai des moutons. Et là, je ne
peux m'en prendre qu'à moi-même. J'avais bien
besoin de cracher par terre en jurant que je ne dor-
mirais pas seule ce soir. Je sais pourtant pertinemment que seule ou pas seule, dorénavant, cela ne
change rien ; les hommes ne me voient plus comme
une femme, c'est tout. Alors, ou je me fais une
raison, ou je me fais soigner. Je suis peut-être malade
et je ne vois pas bien quel genre de médecin je pourrais consulter par ici. Mais je peux faire un saut à
Tenerife, sur la grande île, il doit y avoir des spécia-
listes.

– Docteur… voilà, heu… cela fait maintenant
plusieurs mois que je souffre d'une indifférence

totale des hommes à mon égard. Je n'exerce plus aucun attrait sur eux. Voyez-vous, c'est comme si sexuellement j'étais devenue transparente.

– Ah ! Et cela s'est manifesté subitement ? Ou y a-t-il eu des signes précurseurs ?

– Non, aucun signe, cela a juste coïncidé avec mon arrivée à El Hierro. Avant de quitter la France, j'avais des rapports. Des rapports conflictuels, certes, mais des rapports fréquents, et même, quelques heures après mon atterrissage sur l'île, un homme m'a sauté dessus.

Non, ça, c'est beaucoup trop compliqué à expliquer.

Je pourrais bien sûr me confier à un prêtre. Il pourrait être de bon conseil. A force d'entendre des confessions, ces gens-là doivent tout comprendre des choses de la vie. Il y a bien aussi ma meilleure amie. Je pourrais lui parler. Seulement, elle, je suis certaine que mes déboires amoureux la combleraient d'aise. Les femmes sont cruelles entre elles. A toi, maman, avant, de cela je n'aurais rien osé dire. Et maintenant... Quant à papa, il n'a même pas été au courant de mon dépucelage vénitien. Lui et moi n'avons jamais été doués pour les confidences. Je me sens seule. En fait, je suis peut-être ménopausée, quoique trente-cinq ans, ce soit un peu jeune, il paraît que, comme la sénilité, la ménopause peut être précoce. Tout de même, si c'était cela, j'aurais ressenti cer-

tains symptômes, bouffées de chaleur, seins douloureux, humeur changeante. De toute façon, la ménopause ne condamne pas la sexualité, que je sache ?
C'est dans les maisons de retraite qu'il y a le plus de
crimes passionnels.

– Virginia, tu dors ?

– Non.

Non, je ne dors pas, je peste en observant une fois
de plus, au travers de ma baie vitrée, le ciel changer.
D'abord apparaît une traînée blanche, puis une
autre, violette, puis une lueur semblant monter de la
mer et qui dessine dans la chambre les contours
encore flous de mes quelques objets.

Non, je ne dors pas.

– Tu es fâchée ?

– …

– Je te demande pardon.

Pardon, pardon pour quoi ? Ce n'est pas ta faute,
petit frère, si je me sens vieille, laide et abandonnée.
Si j'ai peur de la nuit, si j'ai peur de la vie, et si
l'amour de mes morts m'empêche d'aimer les
vivants.

– J'ai froid.

Avec délicatesse, Fred s'est rapproché de moi.
Doucement, il effleure mes épaules.

– Tu es glacée. Tu veux qu'on dorme en cuillère ?

– C'est quoi ça ?

— Tu te mets sur le côté en me tournant le dos…
oui… comme cela. Je me rapproche de toi, tu te
loves contre moi et je te prends dans mes bras,
voilà… Maintenant, nous dormons tous les deux.

Le corps de Fred est chaud et ses bras, qui
m'entourent, se font légers. Serrée contre lui, je sens
son souffle sur ma nuque. Lentement, mes muscles
se détendent. Si seulement, je pouvais m'endormir.

Le premier baiser fut comme un frôlement dans
mes cheveux. Le deuxième se posa sur le lobe de mon
oreille et le troisième, parce que je venais de tourner la
tête, atterrit à la commissure de mes lèvres. En allon-
geant mes jambes, je sentis le sexe de Fred durci contre
mes reins. Ses mains glissaient le long de mon corps,
alors, lentement, profitant de ses caresses et de toute sa
chaleur, j'osai me retourner vers lui. Il faisait maintenant assez clair dans la chambre pour que je distingue
les traits fins de mon compagnon et, dans son regard
qui me détaillait avec avidité, comme une trace
d'inquiétude. Pour le rassurer, je lui fis un sourire
timide, qu'il me rendit.

— Tu es belle.

Ma bouche cueillit ces mots. A leur tour, mes
mains, descendant doucement, se mirent à chercher sa
peau.

— Attends… s'il te plaît, Virginia, attends…

M'écartant légèrement, j'adressai à Fred un sourire qui, cette fois, n'avait rien de timide.

— Je sais… Mais quitte à passer pour une gourgandine, je crois que j'ai ce qu'il faut dans la salle de bains.

Déjà, je m'élançais. C'est l'angoisse dans la voix de Fred qui me retint.

— Virginia !

Je revins sur mes pas. Assis de l'autre côté du lit, ramassé sur lui-même, Fred semblait n'être plus rien.

— Fred…

Nos deux respirations étaient devenues alors imperceptibles. Autour de nous, l'air, la lumière s'étaient subitement figés. L'instant d'avant, pourtant, nous étions si vivants. Que venait-il de se passer ?

— Fred…

Comme si cela était encore possible il a semblé fondre un peu plus, puis il s'est mis à murmurer :

— Virginia, je te jure que je ne voulais pas, cela n'aurait jamais dû arriver. Bien sûr, tu me plaisais, mais je m'étais promis de partir, de disparaître bien avant d'être obligé de te parler, obligé de te dire. Je te demande pardon. Tu étais si douce, si chaude qu'un instant j'ai pu croire que la vie avait repris. Et maintenant, je vais te faire tellement de peine. Depuis le début, tu as été si généreuse, si tendre, et moi, depuis le début, je t'ai menti. Je ne suis pas le jeune homme fragile qui voyage et qui se cherche. Virginia, je suis séropositif, et je fuis.

179

– NON !!!

J'avais certainement crié, mais je n'avais pas entendu mon cri.

Cachant de mes bras mon sexe et mes seins, je cherche dans la chambre quelque chose pour me couvrir. Je voudrais n'être pas là. Je voudrais être dans une bulle, une bulle de verre pour me protéger, ou bien que ce soit Fred qui soit dans une bulle. Qu'il ne puisse plus rien toucher, plus rien contaminer, plus rien détruire.

– Salaud !

Je hurle. Je suffoque. Fred s'est levé, il se rapproche de moi.

– Arrête, Virginia. N'aie pas peur, je t'en prie, calme-toi...

Je m'échappe et je crie de plus en plus fort.

– Tu n'avais pas le droit ! Tu n'avais pas le droit ! Depuis des mois, je partageais tout avec toi, ma maison, ma voiture, mes vêtements, ma nourriture, même mon lit.

– Virginia, nous n'avons pas fait l'amour. Tu ne crains rien.

– Je te déteste ! Je te déteste !

Je claque sur moi la porte de la salle de bains.

Sous l'eau trop chaude de la douche, je frotte ma peau, et je pleure.

Assise par terre, appuyée contre la fenêtre, enveloppée de mon peignoir immaculé, je regarde le vent chasser les dernières nuées laiteuses et le ciel devenir bleu.

Quand j'ai réouvert la porte de la salle de bains, plus aucune musique, plus aucun bruit ne parvenait des autres pièces. Couché en fœtus, Fred se tenait dans un coin de la chambre. Il n'a pas relevé la tête. Il n'a pas bougé non plus lorsque je me suis accroupie à ses côtés. En posant ma main sur lui, j'ai senti combien il avait froid. Alors, comme on ramasse un animal blessé, je l'ai relevé, guidé jusqu'au lit. Je l'ai couché puis après m'être allongée à mon tour, j'ai rabattu la couette sur nos corps. C'est seulement quand je l'ai serré dans mes bras que Fred s'est mis à trembler, et c'est pendant que j'embrassais son visage que ses larmes, enfin, se sont libérées.

Je l'ai bercé longtemps. Longtemps il a pleuré, puis il s'est endormi.

Fred dort. Le soleil, à présent, inonde la chambre. J'ai dû sommeiller. Complètement ankylosée, avec des gestes aussi douloureux que précautionneux, je désenlace mon corps de celui de mon ami, puis je sors du lit et, marchant sur la pointe des pieds, je quitte la pièce.

Les deux appartements sont vides. Bien élevés, les invités n'ont laissé aucun désordre derrière eux. Mais peut-on déranger un désert ?

Sur mon bureau, je découvre un petit mot.

« Merci pour l'hospitalité. A une autre fois peut-être. Ceux du bateau. »

J'ouvre la baie vitrée et, de mon balcon, je fixe l'emplacement où, hier soir, se dressaient les mâts du beau voilier. Drôle de nuit, drôle de jour. Je vais faire du café.

Debout au milieu de la cuisine, réchauffant mes pieds nus dans une tache de soleil, j'écoute tranquillement le café passer quand, soudain, virevoltantes comme un nuage d'éphémères, des questions assaillent mon cerveau.

Est-ce que Fred va mourir ?

Depuis quand est-il séropositif ?

Comment a-t-il attrapé cette saloperie ?

Et comment a-t-il appris qu'il l'avait ?

Pourquoi est-il si loin de chez lui ?

Pourquoi ne se soigne-t-il pas ?

Est-ce que Luis est au courant ?

Et les parents de Fred, eux, est-ce qu'ils savent ?

Ils ne l'ont tout de même pas chassé ?

Ce ne sont pas des monstres ?

Non, le monstre, c'est moi. Qu'est-ce qui m'a pris tout à l'heure ? Fred ne m'avait pas violée. Il me mettait seulement honnêtement en garde. Avec un préservatif, nous aurions pu faire l'amour. Ces trucs-là sont faits pour ça. Je suis complètement hystérique.

Comment Fred va-t-il être quand il se réveillera ?

Est-ce qu'il aura toujours autant de peine ?

Voilà, je crève de honte. Ce que j'aimerais, c'est qu'une fée, d'un coup de baguette magique, m'efface à tout jamais. Seulement, hystérique et couarde, les fées vont me laisser tomber comme une bouse de vache.

Est-ce que je réveille Fred ?

Est-ce que je le laisse dormir ?

Est-ce que je lui apporte du café ?

Est-ce qu'il va arriver à me pardonner ?

Eh merde, je suis vraiment ignoble ! Il n'y a rien à faire : comme d'habitude, je ne pense qu'à moi.

– Bonjour, Virginia.

Le bruit de la porte a réveillé Fred.

– Bonjour.

– Tu as fait du café ?

– Hum, hum… et j'ai même trouvé un paquet de madeleines.

– Génial. Une vraie femme d'intérieur.

– Tu me fais une petite place ?

Avançant jusqu'au lit, j'ai posé mon plateau par terre et je me suis assise face à Fred.

– J'ai dormi longtemps ?

– Je ne sais pas l'heure qu'il est. Les autres sont partis.

– Tant mieux.

– Je te sers ?

– S'il te plaît.

Fred me sourit. Aucune gêne entre nous. Nous sommes simplement comme des amoureux au réveil. Et tout naturellement, après notre festin, pour me montrer sa confiance, Fred m'a offert son histoire.

Luis n'est pas au courant. Les parents de Fred non plus. Cela fait six mois que Fred connaît sa séropositivité. Rosine, son amie, a eu besoin de subir une petite intervention chirurgicale, on lui a fait à cette occasion le test du HIV. Elle était positive. Fred aussi. Ils ne savent pas lequel des deux a contaminé l'autre, et ne tiennent pas à le savoir. Par contre, ils savent que leur relation n'est pas assez forte pour survivre à une telle épreuve. Ils ont préféré se séparer. Rosine suit une trithérapie. Elle va bien. Fred a choisi de partir en voyage, et aujourd'hui il ne sait pas comment il va. Il s'interroge.

Nous avons beaucoup parlé, beaucoup ri aussi.

Plus tard, nous avons pris des bains, nous nous sommes pomponnés et, lorsque morts de faim, bras dessus, bras dessous, nous nous sommes enfin dirigés vers le bistrot du port avec la ferme intention de dévorer les restes de la paella de la veille, nous étions joyeux, beaux, heureux, et lourds de notre secret comme d'un enfant porté à deux.

23

Jumeaux pressés de nourrir un bonheur menacé, Fred et moi sommes devenus inséparables. Nous avons tant de choses à nous dire. Fred à présent sait tout de moi. Il connaît mon refus de toi, papa. Il sait ma quête tardive. Qu'aurais-je pu lui cacher, après son si terrible aveu ? Occupés de nous, nous en oublions les autres et, hormis le sexe, nous partageons tout.

Peut-être à cause de Luis, peut-être simplement à cause de nous, ou à cause de ma lâcheté, je n'ai pas pu faire l'amour avec Fred, mais je n'ai pas pu non plus le renvoyer à son petit lit bleu. Alors, depuis notre fausse première nuit, nous dormons ensemble.

Amants-amis, oubliant la sexualité pour laisser toute la place à la tendresse, nous vivons une chaste idylle. Gourmands l'un de l'autre, nous savons notre temps compté et nous l'utilisons de notre mieux. Passant des heures à nous raconter, à faire connaissance, il nous arrive parfois de ne pas sortir de chez nous durant plusieurs jours. Mais souvent nous partons tôt le matin, afin de parcourir l'île. Nous déjeunons au soleil, nous nous baignons, nous visitons, nous prenons des vacances de vacances. Je ne te cherche pas beaucoup, papa. Je t'ai mis pour l'heure un peu à l'écart. Mais toi et moi, n'aurons-nous pas l'éternité ? De toi, maman, juste après le début de mes confidences, j'ai cessé de parler. Fred a peur de la mort. Donc, sans plus jamais te nommer, nous te cueillons des violettes et nous brûlons des cierges. Tu me manques, mais toi et moi, petite mère, n'avons-nous pas aussi l'éternité ? J'offre à Fred le peu que j'ai. Comme il a aussi peur des cimetières, je n'ai pas pu lui présenter la petite Francesca. Mais je l'ai emmené plusieurs fois chez Amelia, et il a fait sa conquête. Je les soupçonne même tous les deux d'être un peu amoureux.

Amoureux, Fred et moi ne le sommes pas. C'est un autre sentiment qui nous anime. Dans amour, il y a jubilation, désir, excitation, folie, mais aussi peur, douleur, séparation. Notre séparation à nous est programmée. Notre douleur et notre peur sont à vivre au quotidien. Il ne nous reste qu'à nous aimer.

Bien entendu, notre comportement de jeunes mariés, totalement investis l'un par l'autre n'est pas passé inaperçu à La Restinga. De leur poste stratégique, les petits vieux, l'œil allumé, nous épient. Le chien jaune, jaloux et fier, méprisant les démonstrations sentimentales, nous évite. Ignorant nos dons et nos avances, il préfère prendre ses repas au bistrot du port, dormir sur des cordages et partir vadrouiller seul. Juan Carlos, lui, comme toujours tendre et généreux, nous offre ce que nous voulons bien prendre et pour le reste il se fait discret. Quant à Luis, à chacune de ses de plus en plus brèves incursions dans notre vie, impassible, il semble ne rien remarquer. Pourtant, certains de ses regards le trahissent. Je le lis dans ses yeux. Je sais qu'il nous croit amants. Pourquoi le détromperais-je ? De moi, n'a-t-il pas eu juste ce qu'il voulait ? Et moi, est-ce que je sais ce que je veux de lui ?

Luis est reparti en mer pour l'un de ses longs et mystérieux périples : pêche, troc et magouilles. Pas plus macho qu'à l'accoutumée, pas plus apte à la sensiblerie pour autant, passant outre notre supposée lune de miel, Luis a proposé à Fred de l'accompagner, et j'ai senti Fred hésiter. Fuir encore un peu. Vivre l'aventure. Etre libre. Oublier. Oublier, peut-être parce qu'il m'a parlé, peut-être parce que, témoin constant, je suis à ses côtés, Fred ne le peut plus vraiment. Maintenant, chaque heure qui passe le rapproche de sa réalité. Il sait qu'il va devoir affronter son monde et aller retrouver les siens. Il sait aussi qu'il va lui falloir accepter de se soigner pour

faire reculer la menace. Mais il voudrait pouvoir profiter encore d'un moment de répit. Arrêter le temps
et tenir l'horrible évidence à distance. S'échapper
une dernière fois, une dernière fois connaître l'insou-
ciance, c'est ce que Fred désire le plus, mais il sait
qu'à présent il en est incapable. Alors, vaincu, il a
renoncé à l'offre si tentante de son ami. Luis n'a pas
pris ombrage de ce refus. Peut-être nous a-t-il
trouvés légèrement ridicules avec notre encombrant
amour d'adolescents, mais il n'en a rien laissé
paraître.

Le matin du départ, sur le quai, lorsque pour se
dire au revoir, l'un ignorant la douleur que l'autre lui
cachait, les deux hommes se sont étreints, incapable
de surmonter mon émotion, moi qui savais assister à
leurs adieux, j'ai détourné la tête. Plus tard, le bateau
disparu, Fred, trop malheureux, a eu besoin de me
fuir. Mais le soir venu, quand enfin il a pu pleurer
dans mes bras, nous savions tous les deux que
bientôt ce serait à notre tour de nous dire adieu.

Luis est reparti en mer. A El Hierro, il fait un
temps splendide et les touristes affluent. Débarquant
de toutes parts pour échapper aux rigueurs de leur
hiver européen, ils se sont répandus sur l'île. En
cohortes, parlant toutes les langues, mais surtout
l'allemand, le teint blême, les cheveux ternes, enduits

de crème protectrice, ils nous ont envahis. Et même La Restinga, petit port si peu accueillant avec ses terrains vagues et ses maisons de parpaings, n'a pas été protégée. La terrasse de l'hôtel aux volets bleus a tout d'une fourmilière, la petite plage de cendres fait penser à une boîte à sardines et le café-restaurant-hôtel-moderne affiche complet. Le soir, les bateaux de pêche, pour regagner leur place, doivent se frayer un chemin entre les voiliers.

Au milieu de ce tumulte, Juan Carlos est à son affaire. Avant son départ, prévoyant ce qui nous attendait, Luis lui avait procuré du renfort en la personne d'une jeune paysanne qu'il avait ramenée de Binto. En fait, tout le monde, jusqu'aux petits vieux qui, assis sur leur banc, assistent à un spectacle permanent, semble satisfait. Il n'y a que Fred et moi pour faire grise mine. Entre vacanciers et natifs, quel est notre statut ? Combien de temps nos trop neuves racines résisteront-elles à ce flot continu ?

Fred, lui, se sait en sursis. A fréquenter ses compatriotes, il finira par se décider à rentrer chez lui. Mais moi, pour quoi, pour qui suivrais-je des Français ? Que vais-je devenir ? Il doit faire froid en France en ce moment. Mais d'ici, j'ai bien du mal à concevoir la grisaille parisienne. Cela fait plusieurs mois, maintenant, que grâce à toi, papa, sans y avoir été invitée, faussaire, moi aussi je me réchauffe à ton soleil. Au fil des jours, je pense de moins en moins à Paris et, quand par hasard j'y pense, les images qui me viennent m'intriguent. En premier, je vois mon chat, endormi, la tête dans ses pattes, douillettement pelotonné devant le radiateur du salon de ma meilleure amie. En second, je vois le sourire assez faux et légèrement carnassier que ma meilleure amie a toujours arboré lorsqu'elle apprenait le bonheur de l'un de ses proches. Ensuite, mes visions se font de plus en plus floues. Ou m'apparaissent dans un certain désordre : mon éditeur, vêtu d'un pardessus de cachemire, les mains dans les poches, la tête rentrée dans les épaules, traversant le boulevard Saint-Germain pour se rendre du Flore à la Brasserie Lipp ; mon agent, remontant gaillardement l'avenue des Champs-Elysées sous les guirlandes de Noël non encore illuminées ; des gens pressés s'engouffrant dans des bouches de métro, des mendiants, des vitrines éclairées, des voitures, des pigeons et la soupe populaire sur les marches de l'église Saint-Eustache.

Je vois très bien ton appartement, maman, peut-être parce que, depuis mon enfance, il avait si peu changé. Par contre, je mémorise mal le mien. Mes tableaux, mes bibelots, les titres des livres dans ma bibliothèque, mes rideaux, la lumière de mes lampes, tout s'estompe, tout se fond. J'ai désappris les bistrots, les restos, les cinés, les discussions la nuit, les marchands de journaux, mon vélo. Je n'arrive même plus à visualiser la queue de mon dernier amant français. C'est bête, parce que, comme ici je n'ai pu qu'entrapercevoir dans l'ombre celle de Luis, plus aucune queue réelle ne peuple mes rêves.

Luis est reparti en mer et Fred va s'en aller. Nous n'en parlons pas. Vivant au jour le jour, courant dans les vagues, grignotant des pique-niques, dormant de longues heures sur les plages, nous emmagasinons pour notre avenir incertain de douces et chaudes sensations. Fred est couvert de taches de rousseur. Je suis couleur pain d'épice et seuls notre pick-up et notre assez bonne connaissance de la géographie de l'île nous différencient à présent des touristes. Touristes, que nous côtoyons d'ailleurs le soir, en dînant à la terrasse de notre bistrot favori où Juan Carlos, nous croyant casés et heureux, nous délaisse un peu pour se consacrer à sa clientèle. C'est la petite paysanne de Binto qui nous sert à manger. Elle est ravissante, la peau claire, les yeux noirs bordés de longs cils, les cheveux foncés et bouclés ramassés en une tresse épaisse ; timide, elle porte une jupe bleu-gris qui lui arrive au-dessous du genou et un chemisier de coton blanc. J'imagine qu'à vingt ans, tu lui ressemblais, maman. Comme toi, elle est simple, gentille et toujours gaie. Elle s'appelle Celia, et elle rougit quand Fred la regarde. Ils formeraient un couple adorable, mais Fred, coupable et résigné, ne s'en

191

rend pas compte. Il va bien. Il n'est pas du tout malade, mais en lui, tapi quelque part, le virus lui interdit l'espoir.

Luis est reparti en mer. Il fait beau. Prenant mille précautions pour nous éviter trop de douleur, Fred et moi préparons notre si proche séparation.

Et voilà, Fred, tu t'en vas. Pas de surprise pour ce départ. Toi et moi nous en avons discuté des nuits entières. Ensemble, nous avons tout envisagé : ton retour auprès des tiens, le chagrin que tu devras leur infliger et le besoin que tu auras d'eux pour entreprendre et gagner ta guerre. Sur les thérapies existant à ce jour, et capables de lutter contre l'hôte sournois qui s'est installé en toi, nous avons tout lu. Je suis allée jusqu'à te supplier d'accepter de te faire soigner. Tu ne voulais pas. Nous avons débattu pied à pied. Nous avons même pu parler de ta mort. Puis un jour, nous nous sommes tus. Sur le sujet, nous en avions assez dit. Nous devions vivre à nouveau comme si de rien n'était. Nous étions deux amis en voyage, et tu n'étais pas malade puisque tu ne te soignais pas. Nous avons laissé le temps passer, et le temps est venu. Tu t'en vas, petit frère. En toi, quelque chose a fini par céder. Tu ne te défends plus. Ta peur, tes cauchemars ont eu raison de ton refus. Le courage que tu mettais à nier l'horreur, tu vas l'utiliser pour te battre, et même si je ne suis pas à tes côtés, tu sais que je serai auprès de toi.

Avec bien du mal, nous avons transféré ta plante verte de ton balcon à mon balcon. Il n'y a pas beaucoup plus de quatre mois que tu l'as rapportée de Valverde, mais c'est fou ce qu'elle a pu pousser. A présent, elle ressemble à un petit arbre. Elle devait se plaire, chez toi. Désormais, en la voyant grandir, je pourrai mesurer la durée de ton absence.

Ton matelas de camping, ton sac de couchage et ton petit butane sont rangés dans le bas de mon placard. Resserviront-ils ? Ta planche et ses tréteaux, tes quelques objets, tes livres, ton peu de vaisselle ont trouvé sans peine une place dans mon appartement que tes deux fauteuils, pourtant l'un coquelicot, l'autre canari, ne parviennent pas à égayer.

Ton sac à dos est bouclé. Ta porte est fermée. Tu as rendu tes clés, récupéré ta caution. Tu es en règle avec La Restinga, prêt à nous quitter.

En apprenant que tu partais, Juan Carlos n'a pas été étonné. Il a l'habitude, lui, des « au revoir-merci-et à la revoyure ». Tous ses amis sont en mouvance. Il a seulement regretté que Luis ne soit pas là pour faire une fois encore la fête avec toi et te dire adieu. Comment aurait-il pu deviner que tes adieux, tu les avais déjà faits à ton complice et que par-dessus tout tu tenais à avoir disparu bien avant son retour ? Comme tu étais arrivé, Fred, tu t'en allais, léger et discret. Ni Luis ni Juan Carlos n'auraient droit à tes confidences. Je serais seule à partager ton lourd secret.

Parce que c'était soir de relâche au bistrot du port, Don Juan a cuisiné rien que pour nous des spaghettis aux clovisses. Nous avons bu trop de vin trop fort, et écouté des fados. Nous étions tristes.

Très tard, en rentrant chez moi, contrairement à notre habitude, nous n'avions pas envie de parler, alors, sans rien dire, nous nous sommes étendus sur mon lit, et, pour notre dernière nuit, nous avons dormi en cuillère.

A l'aube, en montant en voiture, acceptant déjà de retrouver ma condition de femme seule, j'ai tout naturellement pris le volant, te laissant la place du passager. Nous avons quitté La Restinga en douce, comme on déménage à la cloche de bois, mais sans rien emporter. Nous n'avons rien vu du jour qui se levait sur la mer, ni de la route sinueuse, prise cent fois, et que le pick-up semble connaître par cœur, ni des petits villages endormis. Ecrasé par un ennemi invisible, la tête basse, honteux d'être obligé d'abandonner le havre que tu t'étais choisi, tu es resté silencieux, Fred. Et moi, devant tant de peine, je me suis sentie impuissante.

1501 mètres, je coupe le moteur. Ultime halte.

– On descend ?

Tu fais oui de la tête, décidément, tu as perdu ta langue, ou plutôt, tu as le cœur trop gros, la gorge trop serrée, tu sens que la moindre parole libérerait les larmes, et tu te tais. Je te prends par la main et, marchant dans la rosée, nous avançons tous deux jusqu'au bord du vide. Tout en bas, l'autre côté de l'île, et partout la mer. Je sais maintenant que tu ne reviendras pas.

Sur une île des Canaries…
Une dame faisait pipi
Un fermier qui passait la vit
Et tous les deux furent ravis

En silence, nous entamons la descente sur Valverde. Aujourd'hui, le ciel est clair, et tous les deux virages en épingle à cheveux, au pied de la falaise, entre les vagues et la lave, nous apercevons l'aéroport de El Hierro.

L'avion du matin ne s'est pas encore posé.

– *Buenos dias, señora.*

Derrière son comptoir de location de voitures, toujours aussi potelée, toujours aussi souriante, ma camarade polyglotte vient de me saluer. Comme je veux lui prouver que les derniers mois n'ont pas été totalement inutiles, je lui réponds en prenant mon plus bel accent :

— *Buenos dias, señora.*

— *¿ Esta todavía con nosostros ?*

— *Si, si, todavía.*

— *¿ Le gusta entonces nuestra isla ?*

— *Si, me gusta la vida aqui y también los hombres.*

— *¡ Ah ! Muy bien…*

— *Si, muy bien…*

Pas peu fière de ma performance, je me retourne vers Fred, qui paraît un peu sceptique.

— Tu as entendu ? La première fois que j'ai rencontré cette dame, je ne parlais pas un mot d'espagnol.

— Tu as fait de sérieux progrès. Tu as compris tout ce qu'elle t'a dit ?

— Bien sûr, facile, elle m'a demandé si j'habitais toujours ici, et si j'aimais l'île.

— Et tu lui as répondu quoi ?

— Tu n'as pas entendu ? Je lui ai dit que j'adorais l'île et surtout les gens.

— Pas tout à fait. Tu as dit : les hommes. Je ne te savais pas si olé-olé.

— Je te déteste.

— Alors, c'est que pour toi, je ne suis pas vraiment un homme.

– Ça doit être ça.

– Ne sois pas vexée. Même si tu n'es pas douée pour les langues, je t'aimerai toujours, Virginia.

Oh, Fred, moi aussi, où que tu sois, je t'aimerai toujours.

Le petit avion blanc zébré de rouge vient enfin d'atterrir sur la piste trop courte et ses quelques passagers se dispersent dans le hangar qui sert de hall à l'aéroport.

Il nous reste si peu de temps.

A bout de larmes, à bout de mots, muets, figés, assis côte à côte sur l'étroite banquette de bois bordant l'un des murs du hall, nous attendons. Sans promesse d'au revoir, hagards, nous assistons à notre défaite. Nos liens s'émiettent. Ensemble nous n'avons pas d'ailleurs. Nous n'habiterons plus le même pays. Nous ne parlerons plus la même langue. Nous n'aurons plus de quotidien commun. Nous serons d'anciens amis, ou peut-être pire, d'anciennes connaissances, reliées par des phrases trop pauvres jetées sur du papier ou lancées sur les ondes. Aussi froide que la mort, la vie aura raison de notre amitié.

Une voix a annoncé que l'avion aurait un peu de retard. Mais comment aurions-nous pu profiter de ces quelques minutes supplémentaires alors que tous les deux nous abordions un avenir de souvenirs et de regrets ?

Fred a pris ma main dans la sienne. Nous ne nous regardons pas. Nous attendons, et c'est fini. La voix appelle les passagers. Nous nous levons. Fred m'attire contre lui. Je le serre très fort. Il dépose un doux baiser dans mes cheveux, je l'embrasse dans le cou. Encore un peu son odeur, encore un peu sa chaleur, il s'écarte, il s'en va. Encore un signe de la main puis, avec les autres, il passe la simple porte de verre qui, ici, tient lieu de sas d'embarquement. Pour ne pas hurler, je me rue vers l'extérieur.

Comme s'il m'était possible de te retenir, je cours vers le grillage qui sépare le parking de la piste. Je ne veux pas que tu partes, Fred ! Au milieu de neuf étrangers, voûté, tu avances vers l'avion. Tu tiens ton sac à dos serré contre ton cœur, comme on porte un enfant. Tu n'auras pas d'enfants. Une grosse boule vient de se former au creux de ma poitrine. Combien d'heures devront passer avant que ma respiration redevienne normale ? Tu montes les marches et, te voûtant un peu plus, tu disparais sans te retourner.

Le chariot à bagages et le petit escalier ont été repoussés jusqu'au hangar. La porte du cockpit s'est refermée. S'ébranlant lentement, l'avion roule en direction de la montagne. Il tourne sur lui-même, marque un temps d'arrêt, puis s'élance et prend son envol au-dessus de la mer.

24

Valverde. A l'entrée de la ville, un âne pelé broute dans un fossé. C'est bon signe. Un âne, cela porte bonheur. Hélas, celui-là compte pour du beurre. Il était déjà là lors de mon arrivée, il est là chaque fois que je passe par ici. Et, franchement, que m'a-t-il apporté ? Je te pleure toujours, maman. Papa est resté invisible. Mon premier ami homme vient de me quitter. Quant à Luis... C'est vrai qu'en quelques mois ma vie a beaucoup changé. Mais je me trouve toujours aussi paumée.

Tout à coup, des rangées de maisons rétrécissent la route. En contrebas, l'église de glacis rose est à sa place. Les magasins sont fermés. Les rues semblent désertes. C'est l'heure du déjeuner. Je pourrais rendre visite à Amelia. Elle serait heureuse de me voir, mais comment lui expliquer mes yeux bouffis ? Face aux deux cafés, un car occupe presque entièrement le petit parking. Je continue ma route, le garage, le stade puis, derrière ses murs blancs, le cimetière.

La Restinga

Salut Francesca ! Excuse-moi, mais je n'ai pas le cœur à m'arrêter. Je rentre à la maison.

Désœuvrée, j'erre. Mon domaine coupé en deux, bien que toujours assez peu meublé, me semble trop étroit. J'ai installé le fauteuil jaune sur le balcon à côté de la plante verte. Je peux m'asseoir pour lire tout en observant les activités du port. Pourtant, je n'arrive à me concentrer ni sur mon livre ni sur lesdites activités. Comme si j'avais des fourmis dans les jambes, agacée, déambulant dans l'appartement, je grignote des biscottes en semant des miettes derrière moi. Je ferais la joie d'une poule, si toutefois je possédais une poule.

Il y a trois jours que Fred est parti. Les premières heures ont été les moins pénibles. D'abord, il y a eu le voyage de retour, après j'ai pleuré, puis dormi, puis pleuré, puis dormi, puis pleuré. Ensuite, j'ai eu très faim et, goulûment, j'ai avalé dans le désordre tous les restes de nourriture que contenait mon réfrigérateur. Plus tard, j'ai vomi, puis j'ai redormi. C'est le réveil suivant qui a été rude. Hébétée, tout d'abord, je n'arrivais pas bien à me situer. Je ne savais plus où j'en étais. Mais après une longue douche et beaucoup de café, j'ai retrouvé toute ma misère et c'est justement à partir de là que le terrible sentiment de désœuvrement a commencé. Pour tenter de le combattre, je me suis traînée tout en haut du village, jusqu'à la cabine téléphonique, et là, courageusement, j'ai appelé Paris. A mon grand étonnement, la voix de mon agent était amicale, même tendre. Il s'était fait beaucoup de souci pour moi. Il aurait aimé pouvoir me rejoindre. Il savait, lui, la fragilité des auteurs, il m'avait comprise. En fait, cela faisait à peine six mois que j'étais partie, à peine une petite demi-année sabbatique. Après la mort de ma mère, il était normal que j'aie eu besoin de ce temps. Il était arrivé à raisonner mon éditeur et, d'ailleurs, si je pouvais envoyer quelques pages de mon futur roman, ledit éditeur se montrerait prêt à reprendre ses versements. A Paris, tout le monde pensait à moi. On m'avait gardé ma place. Est-ce que j'allais mieux au moins ?

J'ai bafouillé que oui, j'allais mieux, oui, je vivais mon deuil petit à petit, oui, le temps faisait son œuvre. J'ai dit que certainement j'allais me mettre à écrire à nouveau et envoyer des pages. J'ai dit que, bien sûr, moi aussi je pensais à tout le monde. J'ai dit : « Excusez-moi, merci de votre patience et de votre compréhension. » J'ai dit : « Je vous embrasse tous. A bientôt. » Et puis j'ai raccroché.

Me voilà au moins réconciliée avec mon proche passé, c'est déjà ça, mais était-ce le but de mon voyage ?

En redescendant la rue principale, décidée à fournir encore un effort pour tenter de refaire surface, je me suis arrêtée au café-restaurant-hôtel-moderne. Maria Lopez était seule. Contente de ma visite, elle m'a offert un thé citron glacé. Nous restions dans le jaune, donc en terrain connu, alors, comme si nous reprenions le cours d'une conversation un instant interrompue, nous nous sommes mises à papoter. Cela fait quelque temps déjà que je peux échanger des phrases avec ma douce flaque d'eau. Je sais qu'elle a six enfants, qu'elle est née sur le continent et que, parfois, elle regrette un peu de s'être mariée avec un Canarien. Parce que sur les îles, la vie est assez monotone, mais que c'est la vie... Je sais aussi qu'elle a de la chance parce que toute sa famille est en bonne santé. Que demander de plus ? Elle a même encore sa grand-mère du côté de sa mère. Enfin, je ne suis pas tout à fait certaine de cette dernière information parce que mon espagnol manque encore d'aisance et de subtilité pour remonter jusqu'à quatre générations en arrière.

Le soir tombait lorsque les premiers clients se sont annoncés. Je ne risquais pas de voir arriver Luis. Il est toujours en mer. Mais j'ai profité de cette diversion pour prendre congé. Deux baisers sonores. Vite, vite, je tourne le quai. Vite, vite, je remonte chez moi et j'erre.

Ce soir, le menu sera simple, soupe de pois cassés au lard, et re-biscottes.

Déroutée, en fait c'est surtout comme cela que je me ressens, déroutée. C'est une sensation qui m'était jusqu'alors inconnue. Curieusement, il a fallu que je prenne la route pour perdre mon chemin. Si je me souviens bien, mais pour l'instant, je n'ai plus de témoin pour corroborer mes souvenirs, dans mon enfance, j'étais plutôt déterminée. Sage et déterminée. Enfant unique, petite fille unique, sans frères et sœurs, sans cousins, on procrée peu dans la famille, je manquais de complices pour faire des bêtises. De plus, j'allais dans une école de filles et, déjà, je me méfiais des filles, avec leurs secrets, leurs messes basses, leur hypocrisie, je les trouvais chochottes, et je les fuyais. L'adolescence ne me les a pas rendues plus sympathiques. Ne voulant pas partager avec mes compagnes de classe, qui n'étaient absolument pas mes copines, les trois faits marquant mes débuts dans ma vie de femme, l'arrivée de mes règles, mon premier amour, et ton départ, François, je devins une jeune fille bien décidée à mener sa barque en solitaire. Je savais où j'allais, et ce que je voulais. Moins sage, je resterais déterminée. Tu avais déserté, papa : je n'entendrais plus jamais parler de toi. Maman était un anonyme professeur de français : je deviendrais un écrivain célèbre. Je n'aimais pas les filles : je les fréquenterais le moins possible. J'aimais les garçons : je ne me priverais pas de leur présence. Si les hommes me décevaient, je les quitterais, et si j'étais malheureuse, je souffrirais en silence. Pas de place pour le doute dans mes jeunes années, ni dans celles qui ont suivi, d'ailleurs. Volontaire, têtue, obstinée étaient les mots qui me définissaient le mieux. Et j'aurais pu vieillir ainsi sans la mort subite de ma mère et la découverte des trois cartes postales que tu lui avais envoyées, papa. C'est seulement à partir de ce moment-là que ma cuirasse a commencé à se craqueler, et encore, au début, les fissures étaient-elles imperceptibles. Tout de même, l'édifice bougeait sur ses bases. Le processus était irréversible. Plus jamais je ne serais la même. Chaque jour qui passait me fragilisait un peu plus. Pernicieusement, le doute s'insinuait dans mes pensées. Je finirais par craquer. Oh, bien sûr, je me suis défendue. J'ai longuement tergiversé avant d'entreprendre le voyage qui me mènerait au lieu du rendez-vous que vous, mes parents, vous vous étiez fixé. Mais j'ai fini par le faire, ce voyage, et me voici, toujours seule, et pour le moins déroutée.

L'île, ton absence persistante, papa, ma rencontre avec Luis, et Fred, Fred, avec sa priorité si évidente, ont eu raison de mes certitudes. Ce soir, assise face à la mer, dans le fauteuil jaune, un bol vide posé à mes côtés, je suis lasse, lasse et déroutée.

Un liquide épais, doux et chaud, s'écoule de mon sexe, et mes doigts glissés entre mes cuisses le recueillent et l'étalent. Dans un demi-sommeil, j'ai conscience que mes règles sont en train d'arriver. Je sais que, pour éviter de salir mon lit, il faudrait que je me lève, mais je suis bien. J'aime sentir le sang couler de mon ventre à petits flots. J'aime cette blessure qui me rend plus sensible, plus vulnérable. J'aime être femme. Je remonte mes mains jusqu'à mon visage et je respire ma propre odeur. Mes doigts sont poisseux, j'ouvre les yeux et, dans l'obscurité, je distingue sur eux les taches sombres.

Sagement, je me glisse hors de ma chaleur. Sous la douche, le sang dilué par l'eau s'évacue. Je m'essuie et je me protège mais sans mettre de tampon « Super-super-nana », je ne les utilise qu'en cas d'extrême nécessité, leur préférant de très loin les antiques serviettes hygiéniques qui, elles, laissent intactes mes sensations. Depuis la première fois, j'aime avoir mes règles. J'aime mes seins gonflés et mon ventre légèrement endolori. Je n'ai pas la migraine, je ne me sens ni énervée ni dépressive, je n'ai pas mal, et s'il m'arrivait d'en faire, je ne raterais même pas mes mayonnaises. Je me sens lourde, heureuse et pleine, et j'ai ces jours-là très fort envie de faire l'amour.

Pour aujourd'hui ce sera le plaisir sans l'amour. Dommage, aujourd'hui, est une journée qui se fête. Cela fait juste six mois que j'ai débarqué sur l'île. Six mois que je te cherche, papa, et, bientôt, cela fera un an que maman s'en est allée.

Bien avant ma naissance, peut-être étiez-vous venus ensemble à El Hierro ? La Restinga est-elle un lieu de pèlerinage pour vous deux ? Après tout, que sais-je de votre jeunesse ? Hormis tes trois cartes postales, je sais bien qu'il ne restait aucune trace de toi dans les affaires de maman. Qui sait, depuis le début, je cherche peut-être un fantôme ? Tu es juste passé par ici, tu n'y repasseras pas et toi aussi, je t'aurai perdu pour toujours. Je commence à me faire à cette idée, mais tu vois, François, je ne regrette pas d'avoir répondu à ton invitation.

Durant ces six derniers mois, finalement, j'ai passé beaucoup de temps en ta compagnie et je t'ai certainement plus parlé que pendant les treize années où nous avons vécu sous le même toit. J'ai aussi beaucoup parlé à maman. J'ai aimé très fort un jeune homme malade et je suis secrètement tombée amoureuse d'un marin macho. Je ne me sens pas flouée. Il y a eu aussi Juan Carlos, Amelia, Maria Lopez, le chien jaune, Francesca, la petite dame de l'aéroport, l'épicier de Binto, les parents de Luis, les petits vieux sur le port, et tous les autres qui maintenant font partie de moi et qui sont tous des cadeaux que tu m'as offerts. Je ne t'ai pas trouvé, papa, mais grâce à toi, les poches pleines, je suis plus forte pour

affronter mon existence. Je crois que je t'ai pardonné.

Ce soir, il y aura fête au bistrot du port. Je me fais
belle, mais uniquement pour moi, puisque cela fait
un mois que Luis est parti et que nous sommes sans
nouvelles de lui. Le reverrai-je ?

Prête, je descends mes escaliers pour aller
rejoindre mon Don Juan favori. Et chouette, il y a
une grande enveloppe venant d'Allemagne dans ma
boîte aux lettres.

25

Luis est revenu. Comme ça, sans prévenir, le chien jaune sur ses talons, il s'est annoncé alors que Juan Carlos et moi sablions le champagne.

– Vous comptiez vraiment fêter vos six mois sur l'île sans moi, Virginia ?

Il se souvient de notre premier jour. Je n'en crois ni mes yeux ni mes oreilles, mon cœur bêtement bat la chamade, le rouge me monte aux joues, j'ai treize ans. Où donc est passée ma belle expérience ? Le fonctionnement de cet homme m'échappe, c'est certain, mais plus encore mon propre fonctionnement me déconcerte. Je ne suis pas comme cela d'habitude. Il y a belle lurette, en fait depuis Venise et mon beau Vénitien, que je ne m'en laisse plus compter par un simple coup de bite. Il m'arrive d'être amoureuse, il m'arrive de prendre mon pied, pas toujours simultanément, d'ailleurs ; dans les deux cas, pourtant, je garde la tête froide. Je suis fleur bleue, mais méfiante avant tout. J'adore les mecs mais en principe, et même si je me permets de rêver, je ne crois pas plus au prince charmant qu'au Père Noël. De toute façon, si je ne suis pas douée en amour, au moins je sais me tenir, et sans rien laisser paraître, je me contente, dès qu'un sentiment fort se pointe, de prendre la fuite. Dans mes relations amoureuses, les hommes me trouvent plutôt nickel, indépendante et sûre de moi. Alors, comment expliquer mon attitude avec Luis ? Pourquoi est-ce que je panique dès qu'il est dans les parages, et pourquoi dès qu'il me touche, je n'ai plus qu'une seule envie, qu'il me prenne dans ses bras et, tel le loup, m'emporte au fond des bois ? J'espère qu'il ne se rend compte de rien, et qu'il n'y a qu'à mes yeux que je me ridiculise. Heureusement, ce soir, pour cacher mon trouble, je peux faire la fête au chien jaune.

C'était prévisible, après avoir trinqué avec nous et bu quelques gorgées de champagne, Luis s'est enquis de Fred. Où était-il ? Sans rien connaître de la vérité, mais témoin des jours mélancoliques que je venais de passer, Juan Carlos, d'un coup d'œil, m'a fait comprendre qu'il prenait les choses en main. Généreux et intuitif, il était capable de protéger la sensibilité de Luis tout en respectant les secrets de notre copain. Avec sa gentillesse coutumière, il a aussitôt inventé une explication plausible. Fred avait dû partir brusquement pour aller régler des problèmes familiaux. Il était désolé. Il embrassait Luis tendrement. Il regrettait tellement d'être obligé de s'en aller avant le retour de son ami. Il écrirait et, s'il le pouvait, il reviendrait *vite* !

J'en savais assez sur Luis pour mesurer son désarroi. Hérissé de défenses, fermé, pâle, la respiration plus courte, ses yeux allant rapidement de Juan Carlos à moi, il accusait le coup. Cachant avec brio sa déception et sa tristesse, il voulait juger de l'ampleur de notre détresse à nous. Lui venait de perdre son ami. Juan Carlos avait perdu un pote, et moi, était-ce un amant qui m'avait quittée ?

Une deuxième bouteille de champagne, suivie d'une troisième, accompagnant un dîner fin, de la musique douce se mêlant au vent léger venant de la mer, l'hospitalité et la présence bienfaisante de Juan Carlos parvinrent de justesse à avoir raison de la morosité de la soirée.

Lâchés par l'un des nôtres, naufragés sur notre île, gardant au fond de nos cœurs nos papillons noirs, nous avons fini par laisser s'installer à notre table la complicité et la bonne humeur.

Ma fête était sauvée. Et la lune était haute dans le ciel lorsque, après avoir aidé Juan Carlos à ranger, Luis a réveillé le chien jaune pour me raccompagner.

– Vous m'invitez à monter, Virginia ?

C'était comme dans un film et j'ai failli crier OUI !

– Bien sûr.

Précédés par le chien jaune, côte à côte, sans nous regarder, lentement nous avons gravi mes escaliers.

Durant les quelques mois où Fred et moi avions partagé le dernier étage de cet immeuble, Luis était très rarement venu chez nous. Peut-être pour ne pas nous gêner, ou par crainte de découvrir l'étendue de notre intimité, il s'était juste permis quelquefois de prendre un verre, mais sans jamais s'attarder.

Arrivé sur mon palier, alors que fébrilement je me battais avec mon trousseau de clés, Luis a contemplé la porte fermée de Fred. Mais il n'a rien dit, et c'était bien. Dès que la porte de mon appartement a été ouverte, le chien jaune s'est précipité à l'intérieur. Que de choses se sont passées depuis le temps où, solitaire, je tentais vainement d'attirer cet animal jusqu'à ma tanière.

Dans la semi-obscurité, je suis passée devant Luis pour aller allumer mon somptueux lampadaire et, lorsque je me suis retournée, Luis se tenait au milieu de la pièce. Bien sûr, il a tout de suite remarqué le fauteuil rouge, le fauteuil jaune et la plante verte, mais il s'est contenté de me fixer.

– Je crois que je n'ai que du vin à vous offrir.

– Ce sera parfait.

Nous étions face à face. Nous étions seuls. Nous étions des adultes et nous avions déjà fait l'amour ensemble, pourtant trop intimidés, nous avions du mal à simplement soutenir le regard de l'autre. Le premier, Luis a détourné les yeux et là, derrière moi, il a découvert la grande carte postale humoristique représentant un buveur de bière au nez rouge que j'avais abandonnée sur mon bureau, avant d'aller dîner.

– Fred a écrit ?

Un vague borborygme est sorti de ma gorge. J'aurais dû cacher cette carte. Mais comment aurais-je pu prévoir le retour de Luis et surtout sa visite ?

Pressé d'avoir des nouvelles de son ami, Luis s'est avancé jusqu'à ma table et il a saisi ma carte.

– Je peux lire, ce n'est pas indiscret ?

Coite, figée, j'aurais voulu hurler. Mais hurler quoi ? Il était trop tard. Ne pouvant parler, je hochai la tête en guise de réponse. Déjà Luis lisait et je pouvais en même temps qu'il les découvrait entendre les mots que plus tôt dans la soirée j'avais appris par cœur.

« Ma douce Virginia, me voilà assez serein pour te donner de mes nouvelles. D'abord, merci pour toutes tes lettres, qui me laissent croire que je suis encore un peu parmi vous, sur notre île ensoleillée. Ici, il fait beaucoup plus gris, mais c'est la *vida,* comme tu dirais dans ton espagnol tout neuf. J'ai commencé la trithérapie. J'ai donc commencé à me soigner et cela fait de moi un malade. Pourtant, je ne suis pas sans espoir. A l'hôpital, j'ai même rencontré une jeune infirmière qui me fait craquer. Ne fronce pas ton joli nez, ma chérie, il est bien évident que je suis sérieux et que si je devais vivre un amour, je le vivrai très couvert. Mes parents sont malheureux, mais ils le montrent peu, et ils sont très gentils. Je cherche du travail. Je pense à vous trois. Embrasse pour moi notre Don Juan favori. Dès que je serai plus sûr de mes forces, j'écrirai à Luis pour lui dire que je l'aime autant que je t'aime, et combien vous me manquez.

Fred, ton petit frère pour toujours, si jamais il y a un toujours. »

Luis a mis du temps à relever son visage vers moi. Lorsqu'il l'a fait, des larmes coulaient sur ses joues, comme elles coulaient sur les miennes. Il s'est approché de moi et m'a serrée très fort dans ses bras.
– Viens.
Luis a murmuré cet ordre à mon oreille, comme s'il me murmurait un mot d'amour en m'effleurant de ses lèvres.
Ebahie, reniflant, séchant mes larmes et ma morve du revers de ma main, j'ai reculé d'un pas pour mieux le dévisager. Lamentable, je devais ressembler à une écolière punie parce que, un peu moqueur, Luis m'a souri avec tendresse.

213

– Viens… viens, Virginia, je voudrais t'emmener quelque part.

Luis me tutoyait.

Sur le quai, le chien a sauté à l'arrière du pick-up sans attendre notre invitation. Et, lorsque, après m'avoir aidée à grimper à la place du passager, son maître s'est installé au volant, bizarrement, je ne me suis plus sentie seule.

En silence, nous avons traversé La Restinga endormie. Aucune lumière autour de nous, hormis celle des réverbères. Quand, en haut de la rue principale, Luis s'est engagé sur la route, de sa main, il a cherché la mienne et nos doigts se sont rencontrés. Avec sa seule main pour conduire, abordant les virages en douceur, Luis roulait lentement, sans passer de vitesse. Nous n'étions plus pressés. Cela faisait des mois qu'ensemble nous avions entamé ce chemin. Entourés par la nuit, nous distinguant à peine, paisibles en apparence, nous laissions secrètement notre désir monter. Et, seuls les battements de mon cœur qui manquaient à l'appel me révélaient la violence de mon émoi.

Bien avant d'atteindre Tabique, lâchant ma main un instant, Luis bifurqua pour emprunter une piste que je n'avais jamais remarquée. Presque au pas, nous avancions toujours entre des champs de lave mais maintenant, à perte de vue sur notre gauche, s'étendait l'océan, calme et argenté.

Sans parler, respirant au même rythme, profitant l'un de l'autre, en surplombant la mer, nous avons roulé longtemps puis la piste, après s'être transformée en une pente abrupte et dangereuse, est venue mourir au bord de l'eau. Luis a stoppé le pickup sur la grève d'une petite crique. Il s'est tourné vers moi. Tandis que nous nous embrassions, le chien jaune gambadait autour de nous, aboyant de joie.

A l'abri des vents et des marées, la maison était blottie au pied de la falaise. Une simple maison de pêcheurs, une maison basse, toute blanche, avec des volets qui devaient comme des yeux passer du vert au gris ou du gris au bleu selon le temps et les changements de couleur des flots et des cieux. Une maison comme celles que l'on trouve dessinées au crayon sur des feuilles de papier, punaisées dans des chambres d'enfants. Une maison dont on rêve éveillé. Une maison déjà vue, et que j'avais l'impression de m'être racontée, il y avait bien longtemps. En la découvrant, je m'étais écartée de Luis. Fascinée, je n'ai pas remarqué qu'il sautait du pickup, ni qu'il en faisait le tour pour venir ouvrir ma portière.

— Eh bien, princesse ? Etonnée ?

— C'est ta maison ?

– C'est là où j'habite, oui. Mais ce n'est pas un château. Ni électricité, ni téléphone, ni eau courante. Tu viens quand même ?

La porte n'était même pas fermée à clé. Quand Luis l'a poussée, le chien jaune s'est faufilé pour nous précéder. Lui aussi était de retour chez lui. Luis a craqué une allumette. Nous étions dans une grande cuisine, au milieu de laquelle une lampe à pétrole trônait sur une table. Une flamme jaune et vacillante, suivie d'un filet de fumée noire, Luis a replacé le verre sur la lampe et j'ai pu distinguer dans la faible clarté, entre nos ombres allongées, une vieille cuisinière, un évier de pierre, un réchaud, un buffet, des étagères, quelques chaises.

– Tu as soif ?

– Oui.

Après avoir donné des croquettes au chien, Luis s'est emparé d'une bouteille de vin poussiéreuse, de deux verres et d'un tire-bouchon.

– Tu prends la lampe ?

– Oui.

La chambre semblait aussi grande que la cuisine mais encore moins meublée. Un lit, une table, des livres, des vêtements épars, un fauteuil, une commode. Luis s'était débarrassé des verres et de la bouteille. J'ai posé la lampe à même le sol, nos ombres se sont effilées. Nous n'avons pas bu tout de suite.

Comme le premier soir, Luis a tendu la main vers mon visage et, m'attirant doucement à lui, il m'a appuyée contre le mur. Puis, après avoir caressé mes seins, ses mains ont glissé jusqu'à mes hanches. Il a relevé ma jupe et, très vite, comme le premier soir, il fut en moi. Mais cette fois, nous savions tous les deux que nous avions le temps. Son sexe, sans violence, s'enfonçant au plus profond de mon sexe brûlant, me fouillait, et mon foutre coulait sur lui. Affolées, nos mains, nos bouches se cherchaient. Comme son pénis, ses fesses, ses cuisses devenaient plus dures, ses reins plus précis et, sous ses coups, mes gémissements se transformaient en cris. Ses cris, Luis, plus timide, tentait de les étouffer dans mon cou, dans mes cheveux, mais il ne pouvait pas les retenir tous. Nos souffles sont devenus plus rapides, plus courts. Plus concentrés, plus tendus, nous cherchions notre plaisir et, comme un cadeau supplémentaire, nous avons joui en même temps.

Luis a pris mes lèvres et, pendant que nous nous embrassions, sa chaleur se répandait en moi.

Pour éviter de nous séparer, longtemps nous sommes restés sans bouger.

Plus tard, sur le lit, nous nous sommes mutuellement déshabillés, découvrant petit à petit nos deux nudités. Luis a passé ses doigts dans ma fente, puis, après les avoir léchés, il me les a fait lécher à mon tour. Mais je savais déjà que j'aimais notre goût.

Longuement, pour faire connaissance, nous nous sommes caressés. Luis m'a fait jouir avec sa langue. Après, j'ai pris sa queue dans ma bouche.

Plus tard, nous avons bu du vin, puis nous avons fait encore et encore l'amour.

Le soleil sur mon visage, une terrible envie de faire pipi, le sentiment que je ne dormais pas dans mon lit ont dû avoir raison de ma fatigue. J'ai ouvert les yeux. Epuisés, Luis et moi avions dû nous endormir par surprise car nos corps étaient restés imbriqués l'un dans l'autre. Précautionneusement, pour ne pas le réveiller, je nous ai désenlacés. Luis, à présent, était couché sur le dos et son sexe au repos m'a fait sourire. Attendrie, j'avais envie de le toucher.

Sans faire de bruit, j'ai enfilé un T-shirt qui traînait, puis j'ai quitté la chambre.

A la lumière du jour, la cuisine m'a paru grise et inoccupée. Ni électricité ni eau courante. Sans chercher la salle de bains, je suis sortie sur la plage. Une mini-toilette à l'eau de mer m'a rappelé nos folies de la nuit.

Arrivant de nulle part, le chien jaune m'a rejointe et m'a fait la fête. Il avait faim et j'avais besoin d'un café. Nous sommes rentrés tous les deux.

Pour les croquettes du chien, cela a été facile, j'avais vu Luis lui en donner la veille au soir. Pour le café, cela a été plus compliqué. Le réchaud, la bouteille de butane, les allumettes, un broc d'eau, une casserole, le café lui-même, les filtres et une cafetière en émail ébréché, j'ai joué un bon moment à cache-tampon avant de tenir à la main ma tasse de café fumante. Et là, j'ai hésité. Rejoindre Luis ou faire plus ample connaissance avec sa maison. Face à la porte de la chambre, une autre porte m'intriguait. Curieuse comme l'une des sept femmes de Barbe Bleue, je l'ai ouverte. Plus petite que les deux autres, la pièce ne leur ressemblait en rien. Impeccablement rangée, avec ses murs blancs, son lit étroit recouvert d'une courtepointe blanche elle aussi, ses étagères, surchargées de livres et, devant la fenêtre, son petit bureau tourné vers l'océan : cette chambre faisait penser à une cellule de moine.

Luis n'avait jamais habité ici. Alors qui ?

J'ai failli reculer. Refermer la porte sur moi. Je me sentais impolie, indiscrète. J'avais peur mais, plus que tout, quelque chose m'attirait. Je me suis avancée. De ma main, j'ai caressé le pied du lit. Sur les étagères, les titres des livres étaient presque tous écrits en français. Sur le bureau, il y avait un plumier, un cahier et, dans un cadre d'étain, une photo. J'ai posé ma tasse de café et j'ai pris la photo. Une petite fille, vêtue d'une robe d'été, un gros livre sous le bras posait devant une pelouse. Elle devait avoir douze ou treize ans. Cette petite fille, c'était moi.

219

Incapable de comprendre, incapable de réagir, je fixais la photo. La petite fille, c'était moi et, sous mon bras, le gros livre, c'était le prix de français que j'avais reçu à la fin de ma quatrième parce que, grâce à ma mère, j'étais très forte dans cette matière. La pelouse derrière moi, c'était une pelouse du parc Montsouris. La photo, je m'en souvenais bien et je savais que depuis des années elle avait disparu de l'album de famille. Alors, que faisait-elle ici ?

J'ai traversé la maison en courant. En ouvrant brusquement la porte de sa chambre, j'ai réveillé Luis en sursaut et, brandissant la photo devant ses yeux encore endormis, tremblant de tout mon corps, je me suis mise à crier :

– Qui… qui est pour toi cette petite fille ?

La réponse, je la connaissais, ce que je ne savais pas, c'est que Luis la connaissait aussi.

– C'est la fille de François.

Papa, il y a vingt-deux ans que tu as débarqué sur cette île. Comme moi, les premiers temps, tu as dû errer, tenter d'apprivoiser ces lieux. Pour ce voyage, tu n'avais pas pris pour excuse, toi, d'être à la recherche de quelqu'un, non, tu te contentais de te chercher toi-même, ou plus simplement, tu essayais de te retrouver.

Etais-tu accompagné d'une femme ?

Regrettais-tu d'avoir quitté maman ?

Et moi, est-ce que je te manquais ?

Au bout de quelques mois, tu t'es installé à La Restinga. Tu as acheté un bateau et tu es devenu pêcheur. C'est là que tu as rencontré Luis. Il avait approximativement mon âge. Il traînait sur le port. Il avait fui la ferme de ses parents et rêvait d'être marin.

Est-ce parce que tu m'avais perdue, papa, que tu t'es attaché à un autre enfant ?

Est-ce parce que je ne voulais plus entendre parler de toi qu'à ce petit garçon solitaire tu as donné ce que je refusais ?

Tu lui as enseigné ta langue et la navigation. Tu lui as fait connaître d'autres pays, d'autres mondes. Ensemble, vous avez construit la maison, et tu as dû beaucoup l'aimer pour qu'il devienne l'homme qu'il est aujourd'hui.

Moins blessée, moins en colère, moins têtue, j'aurais pu te rendre visite sur ton île et partager parfois ta nouvelle vie. Luis et moi aurions pu être comme des frères. Lui, il passé plus de vingt ans auprès de toi, alors que moi, je ne t'ai connu que pendant treize petites années. Trop tard pour la jalousie. Trop tard pour les regrets. Luis m'a dit que tu t'étais éteint quelques semaines après avoir appris la mort de maman. Je ne te reverrai pas, François.

La Restinga

FRANÇOIS DUNOYER
1927-1997

Tu dors dans le cimetière de Binto. Une tombe toute simple, à côté de celle de la famille de Luis. François Dunoyer, tu avais en changeant de vie repris le nom de jeune fille de ta mère. Même si j'avais visité ce cimetière, il n'est pas certain que je t'aurais découvert. Moi, je cherchais François Laurens et, surtout, je te voulais vivant. Tu ne m'as pas attendue. Il faut dire que vingt-deux ans, c'est une longue absence et que tu ne devais plus vraiment espérer en ma venue. Pourtant, le soir de mon arrivée à La Restinga, tu m'as envoyé un messager. Je ne te savais pas si licencieux, mais au fond, que savais-je de toi, papa ? Et à qui pourrais-je désormais poser des questions ? A Luis, bien sûr. Tout à l'heure, avant que nous venions te rendre visite, peut-être parce que je sanglotais, mais, peut-être aussi parce qu'il m'aime, il m'a demandé si je voulais rester avec lui à El Hierro, et j'ai dit oui.

Tu vois, papa...

Édition exclusivement réservée aux adhérents du Club
Le Grand Livre du Mois
15, rue des Sablons
75116 Paris
réalisée avec l'autorisation des Éditions Albin Michel

*Cet ouvrage a été transcodé
et achevé d'imprimer sur Roto-Page
par l'Imprimerie Floch à Mayenne,
en juin 2000.*

*N° d'impression : 48391-1.
Dépôt légal : juillet 2000.
Imprimé en France.*